© Shiokoji
미사키 준
ill. 시오 코지
The girl I met on
a matching app was my student.
매칭 앱으로
만난 그녀는 내 제자였다

MYU♡ 26

#나이가 비슷한 사람과 만나고 싶어

#혼자만의 시간도 중요   #같이 술을 마시고 싶어

자기소개

안녕하세요.

좋은 만남이 있었으면 하고 앱을 시작했습니다. 원래는 도내 회사원으로 있다가, 지금은 이직 활동을 하면서 자기 탐색 중입니다. 그래서 뚝심 있고 독립적이고 똑부러진 사람이 멋있다고 생각합니다ㅎㅎ.

휴일에는 평소에 쌓인 피로를 풀기 위해 혼자 카페에 가거나…

∨

사 쿠 란 23

#연인이 오타쿠라도 OK   #한번 좋아지면 직진

#앱 초보   #패션이 좋아   #요리가 특기

자기소개

안녕하세요! 프로필을 봐 주셔서 감사합니다. 😊

여대를 졸업하고 지금은 도내에서 아르바이트를 하면서 보육교사 공부 중입니다. ✨

제가 꿈을 향해 최선을 다하는 중이라 목표를 위해 진심을 다하는 사람이 이상형입니다. 💕

만화나 애니메이션을 보는 걸 좋아해서 주말에는 영화를 보러 다닌답니다! 좋아…

© Shiokoji

……혹시, 의식하는 거야?

© Shiokoji

나는 내일
딱히 일정 없는데……♥

Contents

The girl I met
a matching app was my stude

Prologue

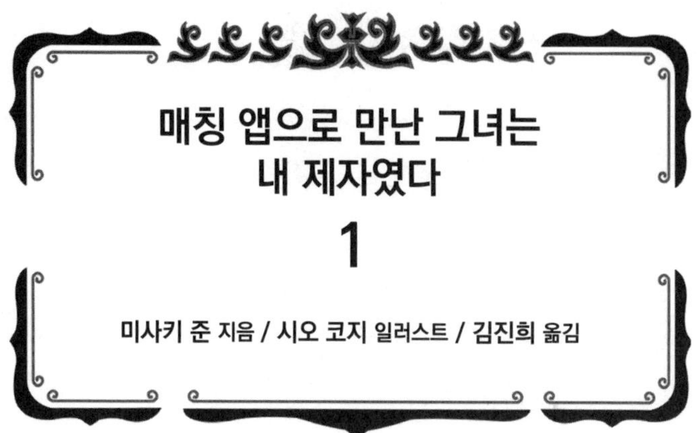

미사키 준 지음 / 시오 코지 일러스트 / 김진희 옮김

소미미디어

커버 그림, 본문 일러스트 | **시오 코지**

『연애의 진짜 본질은 자유다.』

-퍼시 비시 셸리 (1792~1822)

0

이 나라에서 봄은 '사랑의 계절'이라고 불린다.

수많은 만남과 이별이 교차하고,
수많은 사랑이 탄생하기 때문이리라.

어디에나 있는 흔하디흔한 사랑 이야기.

그러나 그것은 누군가에게,
매우 소중한 단 하나의 사랑 이야기.

우리도 그렇다.

수많은 축복의 목소리가 쏟아지는 가운데,
수많은 시련을 극복한 우리는
오늘 이곳에서 맺어진다.

종소리가 울린다, 이 하얀 교회에서——.

1

새 학기가 시작되고, 활짝 핀 벚꽃이 지기 시작한 지 얼마 지나지 않았을 무렵.

골든위크 마지막 날의 오후.

나는 덜컹거리는 녹색 야마노테선의 차내에 있었다.

목적지는 약속 장소로 유명한 시부야 하치코 앞.

역에 도착한 후, 나는 수많은 젊은이로 북적이는 그곳에서 한 여성을 설레는 마음으로 기다렸다.

메시지는 꾸준히 교환하는 사이지만, 직접 만나는 건 처음이다.

이제 2분 뒤면 약속한 시각임을 스마트폰 시계로 확인했다.

설렘이 가라앉지 않는 와중에 그녀의 사진을 보았다.

매칭 앱 TWINS에서 알게 된 23세 여성.

옅은 갈색으로 염색한 풍성한 머리에, 나이보다 조금 앳된 귀여운 외모를 가진 '사쿠란' 씨의 바스트 샷.

내가 몇 번이나 스마트폰과 주위를 대조하면서 사쿠란 씨의 모습을 찾고 있을 때, 누가 등을 손가락으로 톡톡 두

© Shiokoji

드렸다.

곧이어 들리는 목소리.

"슈 씨?"

그 목소리에 반응해서 뒤를 돌아보자, 옅은 갈색으로 염색한 풍성한 머리를 한 귀여운 소녀가 거기에 서 있었다.

"아, 역시!"

소녀는 어리둥절한 나를 향해 오른손의 다섯 손가락을 활짝 펼쳐 손바닥을 보여 준다. 무척 반가운 표정이었다.

"처음 뵙겠습니다, 사쿠란이에요."

이어서 이렇게 말하고는 방긋 웃었다. 귀엽다. 마치 2차원의 세계에서 날아온 미소녀 여고생 그 자체 같다. 달콤하고 좋은 냄새마저 날 것 같다.

'아니, 그 자체가 아니라…….'

매칭 앱에서 본 프로필과 똑같은 얼굴이고, 귀엽다. 하지만 눈앞의 사쿠란 씨는 사진의 사쿠란 씨보다 훨씬 더 어려 보이는데——.

2

그것은 약 한 달 전.

벚꽃이 피기 시작한 3월 말의 일이다.

찰칵, 찰칵……. 휴일 밤, 자기 직전인 22시가 지난 시각에 나는 스마트폰 내장 카메라로 셀카를 찍고 있었다.

"음, 별론데……."

앞머리와 웃는 얼굴이 마음에 들지 않는다. 앞머리를 손으로 매만지고 다시 웃는 표정을 짓고서,

촤라라라라라라라!

이번에는 연사 기능을 써서 촬영.

잘 찍힌 것을 고르기로 한다.

"음, 이걸로 하자."

안경 낀 서브컬처계. 분위기 있는 꽃미남처럼 보인다. 밝기와 명암, 대비 등을 살짝 만지자 곧 만족스러운 사진이 되었다.

"음, 이거면 되겠지. 아마도."

원래 모습보다 크게 달라진 것도 아니지만 평소 거울로 보는 모습보다는 낫다.

그런 나 곧 고등학교 교사 키자키 슈고(26)가 월세로 사는 원룸 방 앞의 짧고 좁은 복도에서 흰 벽을 배경으로 왜 이런 어울리지 않는 짓을 하고 있느냐 하면, 모든 것은 어제 토요일 밤으로 거슬러 올라간다.

어느 이자카야 체인점의 칸막이 방에서 남자 셋이 술자리를 가졌을 했을 때의 일이다.

"사실 나 결혼해."

건배 직후, 하카마다가 충격적인 고백을 했다. 이 자리에 있는 나 이외의 두 사람, 하카마다와 야나 곧 아오야기는 대학 동기로, 같은 교직 과정을 밟은 사이다.

졸업 후에는 야나가 초등학교, 하카마다가 중학교, 내가 고등학교로 가면서 장소도 나이대도 다른 교육기관에 부임하게 되었지만, 이렇게 가끔 모여 정보를 교환하면서 술을 마시고 있다.

그러나 하카마다에게 여자친구가 있다는 것조차 몰랐다. 결혼한다는 고백이 너무 충격적이라 이해를 거부해서 몇 초간 사고가 정지되어 버렸을 정도다.

"할 말이 있다길래 뭔가 했더니 설마 결혼일 줄이야……."

야나도 나처럼 놀란 표정이었다.

"상대는 동료 교사? 설마 학부모를 꼬신 건 아니겠지?"

"미쳤냐! 난 불륜도 관심 없고 미망인도 관심 없어. 학부모랑 가슴 큰 미망인한테 반하는 건 너겠지, 야나!"

하카마다는 야나의 말을 곧바로 받아쳤다.

"참고로 동료도 아니야. 상대는 동갑의 회사원이야. 이른바 시스템 엔지니어."

"시스템 엔지니어? 어떻게 알게 된 사이야?"

"그건 말이지……."

나도 모르게 튀어나온 질문에 하카마다는 기다렸다는 듯이 씩 웃으면서 스마트폰을 만지기 시작했다. 도대체 뭐길래?

얼마 뒤, 화면을 우리에게 보여 준다.

“여기 등록했지.”

흰 화면에 ‘TWINS’라는 글자가 표시되더니 이내 여성 얼굴의 썸네일들이 좌라락 나열된 화면으로 변환된다. 야나가 그것을 보고 미간을 찌푸렸다.

“출장 마사지냐?”

“미쳤냐! 매칭 앱이다.”

“매칭 앱? 그거 만남 사이트잖아.”

야나가 연달아 질문하자 화면이 남성 얼굴의 썸네일로 바뀌었다.

“그거랑 달라. TWINS는 ‘만남’이나 ‘연애 활동’보다는 말 하자면 ‘결혼 활동’에 가까운 앱이야. 나도 여기서 히로랑 만났지.”

“히로……?”

나도 모르게 그 이름을 반복했다.

그 이름이 하카마다가 결혼하는 상대의 이름인 모양이다.

“어떤 여잔데?”

야나가 묻자 하카마다가 씩 웃으면서 말했다.

“보고 싶냐?”

“야, 뜸 들이지 말고.”

“알았어, 알았어. 보여 줄게.”

야나의 말에 다시 스마트폰을 만지기 시작하는 하카마다.

하카마다가 결혼하는 것은 대체 어떤 여성일까?

남의 일인데도 궁금해서 심장이 두근댄다.

"이게 히로야."

곧 하카마다가 스마트폰을 보여 주었다. 공원에서 두 남녀가 얼굴을 맞붙이고 폰으로 셀카를 찍고 있는 사진이 있었다.

"이야, 이건 완전 커플 사진이네."

보자마자 감탄하는 야나. 내 감상도 마찬가지다.

현생에 충실한 느낌이 든다.

짜증 나게.

"거기다 안경녀잖아."

"확실히 컴퓨터랑 친하게 생겼네" 하는 내 말에 이어서 아오야기가 말한다.

"거기다 네가 좋아하는 어린 소녀처럼 생겼잖아."

"맞아. 정확히 내 취향이라고 할 수 있지."

하카마다가 흡족하게 대답했다.

귀엽게 생긴 포니테일의 안경녀. 촌스러운 느낌도 있지만 하카마다가 좋아하는 성우도 이런 타입이었으니, 진짜로 취향에 딱 맞는 사람이었다.

"반년 전에 만났나? 키도 148cm라고 적혀 있는 거랑 같아서, 만나 보니 자그마한 게 어찌나 귀엽던지. 게임도 좋아하고 애니메이션도 좋아하는 게 대화도 잘 통하더라고.”

게다가 히로 씨는 계속되는 야근에 한계가 왔다는 모양이다.

이러다가는 큰일 날 것 같다는 생각에 정신적인 안식처 같은 것을 찾아 매칭 앱에 등록했다고.

“그런데 나처럼 결혼 생각도 하고 있었는지 어쩌다 보니 이야기가 빠르게 진행된 거지.”

“너 결혼 생각 있었냐……?”

나도 모르게 그런 말을 한 것은 하카마다로부터 그런 이야기를 들은 적도 없고 애니메이션이나 게임에 나오는 2차원의 미소녀 혹은 2.5차원이라고 할 수 있는 코스프레 플레이어나 성우만 좋아하던 진성 오타쿠라고 생각했기 때문이다.

“원래도 아이는 좋아했어. 물론 ‘이상한 의미’가 아니라.”

“‘이상한 의미’랑 다를 게 없잖아.”

하카마다는 학창 시절에 어린 소녀 캐릭터를 좋아해서 로리콘이다 구축함 전문가다 하는 소리를 들었었다. 일요일 아침에 방영되는 어린이 애니메이션도 좋아한다. 절대 초등학교나 중학교 선생님이 되면 안 된다고 뒤에서 쑥덕거렸을 정도로 진성이었다.

“게다가 담임을 맡았더니 일도 바빠져서 이러다가는 아이는커녕 결혼도 못 할 것 같다는 생각이 들더라고.”

중학교 교사로 바쁘게 일하다 보니 적령기 여성과의 만남은 한정되고, 최근 몇 년은 세계적인 감염증 팬데믹이니 어쩌니 하면서 새로운 만남의 기회가 없었다.

"이업종 교류회——미팅 같은 것도 다 없어졌잖아." 하카마다가 말한다.

나는 그런 걸 안 해서 잘 모르지만, 그렇다는 건 학교의 다른 선생님들의 이야기를 들어서 알고 있다.

"게다가 우리 세대 중에 결혼한 사람은 대학 때부터 사귀었다든가 어렸을 때부터 친구라든가 그런 경우뿐이잖아."

"……그렇지."

야나와 하카마다의 말에 동의한다. 교직에 있는 사람뿐만이 아니다. 그것이 주변의 현실이다. 젊은이의 미혼율이 치솟고 있다. 일반적인 현상인 거다.

"그래서 이대로 '운명의 만남' 따위를 기다리기만 하다가는 10년, 20년이 지나도 나이만 먹을 것 같아서 초조한 마음이 들기 시작하더라고. 그러면 결혼은 물론이고 육아도 힘들어질 텐데 가능하면 한 명이 아니라 두어 명은 낳고 싶어서 이왕이면 빨리하는 게 낫겠다 싶었지."

그러고 보니 하카마다는 시뮬레이션 게임이나 가족을 만드는 애니메이션 같은 것도 좋아했다.

《CLANNAD》는 인생 게임이다.

그는 외동아들인데, 어렸을 때 부모님이 이혼하셨다고

들었다. 즉 가족을 동경할 만도 하다.

"그래서 매칭 앱에 등록해 봤지. 좋더라. 실제로 운명의 연인이 생겼고."

"그런데 그 운명의 히로 씨를 만나기 전까지 몇 명이나 만났어?"

"대략 열 명쯤?"

"그러면 그 열 명이랑 전부 데이트했어?"

"했냐?"

"그중에 사귄 건 세 명이었고, 한 건 히로뿐이야. 메시지 교환만 한 것까지 치면 더 많다. 매칭 앱 공략 사이트를 보면 첫 데이트 상대하고 결혼하는 케이스도 있는 것 같지만, 나 정도가 보통일걸……."

"슈고, 너 관심 있냐?"

"어……?"

호기심에 물어봤을 뿐인데, 그런 질문을 받으니 난처해진다.

관심은…… 없다고는 못 하겠다.

"미망인을 좋아하는 메종* 아오야기는 그렇다 치고, 너는 마음에 둔 사람 있냐? 그런 애긴 들은 적 없는데."

마음에 둔 여성.

그건――.

"지금은…… 없다고 할 수 있지……."

---

*타카하시 루미코의 『메종일각(めぞん一刻)』. 미망인이 주인공으로 나온다.

연애다운 연애를 한 것은 중학교 3학년 때.

그 이후로는 안 해 본 거나 다름없는 인생을 살아왔다.

"그럼 다 가르쳐 줄 테니까 한번 써 봐. 뭐랄까, 현대의 중매 같은 거니까."

하카마다는 눈앞에 있던 술잔을 단번에 입에 털어 넣고 말을 잇는다.

"내가 했던 TWINS는 회원 수가 2,000만 명이야. 나도 최근 결혼하는 커플의 약 20%가 매칭 앱이 계기라는 뉴스를 보고 시작한 건데, 즉 시대에 따라서 연애의 형태도 변화한다는 거지. '중매결혼'의 시대에서 '연애지상주의'의 시대가 된 것도 아직 100년이 안 됐어."

"오, 역시 역사 선생님!"

야나는 농담처럼 말했지만, 하카마다의 말에도 일리가 있다.

내가 가르치는 현대문이나 고문에서도 글을 작성한 시대에 따라 연애의 형태나 결혼까지의 과정이 다르다.

즉 연애의 본질은 자유. 규칙 따위는 없다. 시대와 사람에 따라서 다양한 형태가 있다는 것이리라.

영국의 여성 작가 셸리도 그런 말을 했던 기억이 있다(명작 《프랑켄슈타인》을 쓴 작가다).

"그런데 판매 랭킹 상위라는 건 그만큼 돈이 드는 거 아니야?"

"평범하게 쓰면 한 달에 4천 엔 정도야. 그 정도는 낼 수 있잖아? 모바일 게임의 10연차보다 조금 비싼 거라고."

"그렇긴 하지만."

학창 시절에는 4천 엔이라고 하면 나름대로 큰돈이었지만 지금은 아니다. 10연차보다 조금 많은 정도면 술자리를 한 번 가질 수 있는 금액이다.

"마침 지금 신년 캠페인 중이라 가입비도 필요 없어. 맛보기로 석 달 플랜을 한 달 요금으로 이용할 수도 있고. 즉 할 거면 지금인 거지."

"……말하는 게 너무 영업 같아서 수상한데. 너, 어디서 나온 놈이냐?"

"중학교 선생이다. 수상하긴 뭐가 수상해. SNS에 광고하는 오타쿠 전용 앱처럼 수상한 것도 있지만 내가 소개하는 TWINS는 내가 결혼하는 것만 봐도 알다시피 제대로 된 앱이야. 행복을 나눠주는 앱이라고나 할까. 으하하."

야나의 말에 껄껄 웃는 하카마다. 그 웃음은 연애 시장에서 승리한 자의 웃음이었다. 나에게는 의기양양한 어른의 웃음처럼 보였다.

"일단 다운해서 등록하라니까. 관심 있다며?"

관심은—— 있다.

사실 하카마다의 말대로 교사가 되고부터 자유 시간이 부쩍 줄어들었다.

새 학기부터 담임을 맡게 됐으니 더 바빠질 것이다.

최근 몇 년 동안 만남이 줄어든 것도 사실이다. 주위에서 결혼한 사람이 대학 시절의 여자친구나 소꿉친구들뿐인 것도 사실이다.

일단 학교에 비슷한 나이의 여성이 한 명 있긴 한데 한 살 많은 미모의 여교사—— 나에겐 오르지 못할 나무인 데다, 같은 시기에 부임한 동년배의 체육 교사 카토 선생님이 한눈에 반해서 일방적인 연애 이야기를 몇 번이나 들려주었다.

그것을 방해할 마음도 없고 애초에 사귀고 싶은 마음도 없다.

'카토 선생님도 사귀진 못할 것 같지만⋯⋯.'

그밖에 주위의 여성이라고 하면 학부모밖에 없는데 물론 그건 리스크가 너무 크다. 첫 상대가 처녀가 아니면 싫다든가 그런 건 아니지만, 자식이 딸린 미망인은 현재로서는 무리라는 생각밖에 안 든다. 지금의 나에게는 너무 무겁다. 물론 임자 있는 상대를 빼앗는 것도 논외다.

"애초에 제대로 된 연애를 할 수 있는 건 학생 때뿐이야. 어른이 되면 아무래도 이해타산이 개입될 수밖에 없거든."

하카마다의 말은 '결혼을 의식하는데, 상대가 그것을 어떻게 생각하는지 모르니까 연애에 주저하게 된다'라는 이야기다.

좋아해도 되는지조차 알 수 없다.

하지만 매칭 앱은 그렇지 않다는 것이다.

"그렇다면 TWINS가 제일이야. 서로 연애를 원하고, 가능성이 있다고 의사표시하고 있고, 신분도 어느 정도 노출하니까. 그다음 진도도 빠르지."

확실히 일리 있는 말 같았다.

이제 나이도 있는데 나도 슬슬 총각 딱지를 떼고 싶다.

이건 뭐 옛날에 읽었던 만화나 라이트 노벨의 속편이 주인공의 어린 시절 이야기로 되돌아간 상황이다. 나도 슬슬 딱지를 떼고 싶은 마음이 있다.

게다가 비슷한 위치거나 혹은 나보다 뒤에 있다고 생각했던 진성 오타쿠인 하카마다에게 선수를 빼앗겨 초조한 마음이 드는 것도 사실이다.

"참고로, 히로가 그러는데, 공무원은 요즘 시대에도 인기가 좋대. 결혼을 노리는 상대한테는 말이야. 무슨 일이 일어날지 모르는 시대에 안정이 최고인 거지. 아무리 저출산이라도 교사는…… AI 때문에 조만간 도태될지도 모르지만 완전히 없어지지는 않을 거 아니야. 결혼 시장이라는 전쟁터에서는 상당히 유리하지. 그러니까 슈고 너도 빨리 다운받아."

"알았어, 알았다고."

나는 술김에 TWINS를 다운로드했다.

“그럼 나도 해야지.”

““진짜?””

야나의 말에 우리는 동시에 놀라고 말았다.

“연상의 미망인이랑 매칭될지도 모르잖아? 학부모보다는 낫잖아.”

확실히 그건 그렇겠지.

그럼 문제가 될 일도 없을 거고.

“좋았어. 그럼 둘 다 다운로드가 끝나면 등록해. 그런데 너희, 페북 했던가?”

“안 하는데…….”

“나도 안 해.”

나에 이어서 야나도 대답한다.

“그럼 메일이라도 써야지. 가이드에 따라서 등록해.”

“지금?”

“다운로드가 끝나면 내가 가르쳐 줄게. 집에 돌아가면 안 할지도 모르니까, 지금 해.”

“아…… 다 받았어.”

“그러면 프로필부터 입력해.”

나는 시키는 대로 가이드에 따라 이름과 생년월일을 입력한다.

“이거, 본명이 아니라 닉네임이어도 되는 거지? 명색이 학교 선생님인데 신원이 밝혀지면 곤란하잖아…….”

"닉네임을 쓰는 게 보통이야. 네 말대로 본명으로 했다가 인터넷 검색으로 신원이 들통난 사람도 있어. 닉네임이 문제가 돼서 매칭이 안 되는 경우는 거의 없다고 봐도 돼."

하카마다의 말을 믿고 '슈'라는 닉네임으로 했다.

게임에서 쓰는 닉네임이다.

본명에서 따온 거긴 하지만, 이것으로 신원이 쉽게 들통나는 일은 없을 것이다.

"……뭐야, 키도 입력해야 하네."

"나이랑 직업까지 입력하는 곳도 있어. 담배를 피우는지 아닌지, 혼자 사는지 아닌지도. 이성이 궁금해하는 게 당연하지만, 하여간 많아. 왜 코도오지나 인권 없는 호빗(루저)은 싫다는 여자들도 있잖아?"

코도오지에 호빗이라니…….

참고로 코도오지는 본가에 얹혀사는 중년 남성, 인권 없는 호빗은 신장 170cm 이하의 남성을 야유하는 인터넷 속어다.

참고로 나는 아슬아슬하게 호빗을 면했다. 아슬아슬하게 인권을 갖고 있고, 혼자 사니까 코도오지도 아니다. 반려동물도 없기 때문에 '1인 가구'를 선택한다.

"또 결혼 이력도 입력해야 하고, 언제쯤 결혼하고 싶은지도 있어."

물론 나는 미혼을 선택.

그러나 언제쯤 결혼하고 싶은가의 선택지는 "당장 하고 싶다", "2~3년 내", "좋은 사람이 있으면", "상대방과 의논해서", "모르겠다"의 다섯 가지가 있었다.

음, 하고 고민했지만 "상대방과 의논해서"로 하기로 했다. 혼자 결정할 일도 아니니 상대방에게 맞추기로 하자.

"담배는 피우지 않음……."

"나도 나도" 하는 야나.

"요즘 젊은 여자들은 담배 피우는 경우가 적으니, 그건 플러스 포인트야."

"거참 시끄럽네. 네가 뭐 스승님이라도 되냐?"

야나의 말에 나는 피식 웃음이 났다.

나도 그렇게 생각했기 때문이다.

"아무튼 이제 자기 자신에 대해서 선택하는 건 끝났어. 다음은 좋아하는 여성의 타입을 선택하는 거야. 아래로는 몇 살부터 위로는 몇 살까지라든가 어디에 사는 사람이 좋다든가 그런 거."

아래는…… 「18」부터 있는 듯하다.

'일단 「18」부터 할까……? 아니, 역시 「20」 정도가 좋을까……?'

고민하다가 물어보기로 했다.

"이거 나중에 바꿀 수 있어?"

"바꿀 수 있어."

그럼 일단 「18」부터…… 한 살 위까지 설정하기로 했다.

"아오야기 너는 몇 살까지 했냐?"

"35."

거의 열 살 연상.

역시 메종 아오야기, 범위가 넓다.

다음으로 사는 곳은 「도쿄 근교」로 하고…….

그 뒤에도 우리는 선택지와 씨름을 계속하다가——.

"됐다, 이제 사진만 설정하면 끝이다."

"그럼 브이!"

"브이는 얼어 죽을."

한 손으로 브이를 하는 야나에게 하카마다가 즉시 핀잔을 주었다.

"그러면 더블 피스?"

이번에는 더블 피스.

물론 그 얼굴이다.

"——아 진짜. 장난하지 마. 얼굴 사진은 진짜로 제일 중요하다고 해도 과언이 아니라고. '사람은 겉모습이 90%'라는 책도 있었잖아. 그렇게 취한 상태로는 안 되겠어."

"제대로 하지 못할까."

"스승님 말씀대로 해라."

나를 보고 기쁜 듯이 웃는다.

하카마다는 왠지 스승님이라는 표현이 마음에 든 모양

이다.

"거긴 개인정보 같은 거 걱정하지 말고 내일이라도 제대로 찍어서 올려. 둘 다 얼굴은 썩 나쁘지 않으니까 잘 나오도록 노력해. 그다음은…… 아 그렇지. 아까도 나왔을 텐데, 본인 확인용 자료도 폰으로 촬영해서 보내. 둘 다 면허 있지? 면허증이면 돼."

하카마다의 말로는 본인 확인이 끝나지 않으면 상당히 많은 기능이 제한된다고 한다. 매칭 앱이 악용되지 않도록 하는 조치라고 했다.

즉 본격적으로 매칭 앱을 쓸 수 있는 것은 심사가 끝난 이후이다.

──이상이 어제 모임에서 있었던 일로, 나는 지금 집에서 이어서 매칭 앱을 설정하는 중이다.

"이걸로 사진 설정도 완료……."

이미 본인 확인용 자료도 운전 면허를 폰으로 찍어서 보냈다. 남은 것은 양쪽의 체크를 기다리는 것뿐(운영에서 사진도 확인하는 모양이다).

'……이크, 벌써 시간이 이렇게 됐네."

벌써 23시.

어제는 과음으로 한나절이나 자는 바람에 (일어났을 때는 매칭 앱에 대해서도 까먹고 있었다. 오후에 하카마다한테 LINE이 온 걸 보고 무슨 이야기를 나눴는지까지 포함해서 기억이 났을 정도다) 아직 별로 졸리지 않지만, 내일은 월요일──학교가 있다. 늦잠은 물론이고 졸린 눈을 비비면서 출근할 수는 없는 노릇이다.

여하튼 내일부터 새 학기.

처음으로 담임으로서 학생들 앞에 서는 날이기도 하다.

"참고로 첫 만남이 제일 중요해. 실제로 만날 때는 그걸 명심하도록."

어제 술자리에서 들은 스승 하카마다의 첫 데이트에 관한 조언이다. 그것은 첫 담임도 마찬가지이리라.

'역시 결혼 활동 시장의 승자는 다르다니까……'

인생의 격언으로 삼아도 좋을 말이라고 감탄했을 정도다.

어쨌거나 오늘은 이쯤하고 내일을 준비하도록 하자.

"서두른다고 잘 되진 않아. 결혼 활동은 하루아침에 되는 게 아니란다."

이것도 선구자이자 성공한 스승 하카마다의 말이었다.

『방관자가 되지 마라. 피에로라도 좋으니까 무대에 서라.』

(작자 미상)

1

딩동댕동…….

신학기, 등교 첫날 학교에 종소리가 울려 퍼진다.

3교시의 스타트를 알리는 종소리다.

이미 1교시와 2교시에 시업식이 끝나고, 반 배정도 끝났다.

참고로 오늘부터 내가 담임을 맡은 반은 이 츠키시마 고등학교 2학년 문과반이다.

고등학교 교사가 되고 3년 만에 처음 맡는 담임이다.

잘할 수 있을까 하고 마음 한구석이 불안하지만, 드르륵 문을 열고 어수선한 교실에 발을 들이밀었다.

학생들이 뿔뿔이 흩어져서 자리에 앉는다.

물론 이제부터 살육전을 벌이는 것도 "일어서, 경례!"를 한 후에 자동 사격이 벌어지는 것도 아니다.

1학년 때 가르친 학생도 있고 이미 강당에서 얼굴도 익혔다―― 그러나 역시 긴장은 된다.

　조용한 교실 안, 속으로 나 자신에게 침착하라고 당부하면서 교단 앞에 서서 인사부터 시작한다.

　"이미 수업을 들은 학생도 있지만 처음 만나는 학생도 있으니까 우선 자기소개를 하지. 아까 강당에서 소개된 대로 오늘부터 이 2학년 B반 담임을 맡게 된——."

　원래부터 사람들 앞에서 말하는 것을 잘 못하는 성격이었다.

　교생 실습 때는 물론이고 이 학교에 막 부임했을 때도 잔뜩 굳어서 말을 자주 더듬었다.

　그러나 3년쯤 되니 익숙해졌다.

　나는 학생들에게 등을 돌리고 화이트보드에 이름을 쓰기 시작했다.

　"——키자키 슈고다. 앞으로 1년 동안 잘 부탁한다."

　짝짝짝…….

　일단 호감을 얻는 데는 성공한 듯하다.

　박수가 나오고 안심한 것도 잠시,

　"선생님!" 하고 한 남학생이 손을 들었다.

　지목도 하지 않았는데 멋대로 일어나더니 이런 질문을 내놓는다.

　"선생님, 여친 있어요?"

　그것을 시작으로 질문 공세가 쏟아진다.

　"취미는 뭐예요?!"

“모바일 게임 해요?”

“좋아하는 만화는?! 애니메이션은?! 무엇이오?!”

야나는 결혼 활동은 전쟁터라고 했지만, 학교도 틀림없는 전쟁터다.

게다가 상대는 고등학생.

지극히 일반적인 일본인 남성의 키인 170cm의 나보다 큰 남학생도 있고 이미 소녀티를 벗고 어엿한 여성으로 느껴지는 외모의 여학생도 있다. 정신면에서도 나보다 어른스러워 보이는 학생도 있다.

20대 중반의 남성이란 옛날에 내가 생각했던 것보다 정신면을 포함해서 학생들과 별반 다르지 않다. 그런 만큼 학생들을 상대하는 것은 물론 쉬운 일이 아니었다.

그러나 다루는 법은 알고 있다.

“비록 선생님이 아이돌은 아니지만 그런 개인적인 질문을 연달아 받으면 곤란하단다. 앞으로 천천히 알아가기로 하고, 먼저 너희에 대해서도 알려줘. 자기소개 시간이다.”

“에이~” 하는 불만의 목소리와 “우우~” 하는 야유가 터져 나왔다. 그것들을 물리치고 나는 학생들에게 자기소개를 시키기 시작한다.

총 30여 명.

자기소개를 길게 하는 학생도 있고 짧은 학생도 있다.

그것이 모두 끝나고 오늘의 일정에 대해 말하고 있는데 3

교시의 종료를 알리는 종소리가 울렸다. 이제 4교시에 교과서를 배부하고 자리를 바꾸면 오늘 하루의 일정은 끝이다.

아직 학급 임원도 정하지 않았기 때문에 맨 오른쪽 줄에 앉은 학생을 지명해서 인사 구령을 시킨다. 출석 번호 1번 아이자와. 작년에도 현대문을 가르쳤던 반의 학생으로 육상부 소속의 여학생이다. 활기 넘치는 그녀라면 틀림없이 잘해 주리라.

"네!"

아이자와는 일어나서 체육계 동아리 소속답게 우렁차게 대답했다.

"일어서, 경례!"

"감사합니다!" 학생들이 입을 모아 인사하고, 첫 수업이 끝났다.

"아참, 전달 사항이 한 가지 더 있었군. 어디 보자, 아이자와 뒤로—— 아야세부터 출석 번호순으로 10명은 4교시 예비 종이 울리면 교무실 옆 직원회의실로 오도록. 교과서를 날라야 하니까."

당연히 "왜 우리가 해요", "왜 저희가" 하는 불평불만이 쏟아진다. 물론 예상한 반응이다.

"너희만 시키는 거 아니다. 1년 동안 이럴 일이 몇 번이 있겠니. 다 한 번씩은 반을 위해서 일하게 될 거다. 잘 부탁한다."

2

"키자키 선생님, 차 좀 드세요."

교실을 나와 직원실로 돌아가 있을 때였다. 자리에 앉자, 몇 년 선배이자 풍성한 머리의 미녀 교사 키라라자카 선생님이 차를 가져다주었다.

"감사합니다."

"뭘요. 내일이 입학식이라 오늘은 한가한걸요."

"아, 그런가……."

키라라자카 선생님은 내일 입학하는 신입생의 담임이라 오늘은 수업이 없다.

"첫 담임은 어떠셨어요?"

"긴장되더라고요. 교생 실습 때나 처음 이 학교에 와서 첫 수업을 했을 때만큼요."

"하긴 첫 담임이면 그렇게 느낄지도 모르겠네요."

키라라자카 선생님이 쿡쿡 웃었다. 그때 카토 선생님이 "아이고, 어깨야~" 하고 목을 좌우로 딱딱 꺾으면서 교무실로 돌아온다.

"수고하셨습니다, 카토 선생님. 지금 차 타 드릴게요."

"오, 고맙습니다. 키라라자카 선생님."

키라라자카 선생님은 차를 타면서 말을 계속한다.

© Shiokoji

"지금 키자키 선생님이 첫 담임을 맡은 소감을 얘기하시던 중이었어요. 카토 선생님은 어떠셨어요? 새로 맡은 학생들은?"

"아하하. 역시 3학년들은 예민하더라고요. 수업이라는 단어를 꺼내서 그랬는지도 모르지만. 제가 체육 교사잖아요. 수업이나 진로 같은 건 잘 모른다고 생각하나 봐요. 실제로 그렇지만……."

"확실히 3학년 담임은 다른 학년과 비교해서 신경 쓸 게 많아서 힘들죠. 자, 여기요."

키라라자카 선생님이 차를 갖다주고 이어서 말한다.

"하지만 그만큼 같이 기뻐할 수도 있고 새로운 여정을 지켜볼 수도 있잖아요. 감동도 더 크죠. 어려운 일이 있으면 저한테 물어보세요."

"넵, 그러겠습니다!"

새빨간 얼굴로 대답하는 카토 선생님.

참고로 키라라자카 선생님은 작년에 3학년생을 처음으로 졸업시켰다.

즉 작년에는 3학년 담임이었다.

그리고 문과 담임인 세 사람이 문과와 이과의 차이에 관해서 이야기하고 있으니, 오늘 마지막 수업의 예비 종이 울렸다.

"앗, 벌써 시간이 이렇게 됐나."

카토 선생님이 의자에서 끙차, 하고 일어난다.

"학생들이 벌써 옮기러 왔네요."

카토 선생님의 말에 교무실 입구로 시선을 돌리자, 학생들이 드문드문 보였다.

"교과서 배부예요? 저도 도울게요."

"정말요? 고맙습니다!"

카토 선생님은 무척 기뻐 보였다.

나와 카토 선생님은 내일 키라라자카 선생님 반 교과서 배부를 도와주기로 약속하고, 교무실 뒷문으로 나가 교과서 배부 장소인 옆 방, 직원회의실로 향했다.

직원회의실 앞 복도는 이미 교과서를 나르러 온 학생으로 북적이고 있었다. 벌써 교과서 운반을 시작한 애들도 있었다. 우리에게도 곧장 카토 선생님 반 학생들이 찾아왔다.

교과서를 나눠주고 있으니, 내 반 학생들도 왔다. 야구부 콤비인 남학생 둘이었다.

"키자키, 교과서는~?"

"뒤에 '선생님'을 붙여라."

내가 투덜대면서 한 명에게 교과서 뭉치를 건네자, 키라라자카 선생님도 또 다른 야구부 학생에게 "자, 여기. 떨어뜨리지 않게 조심해" 하고 교과서를 건넸다.

순간 크게 일렁인 키라라자카 선생님의 머리카락이 코끝을 스쳤다. 심장이 떨릴 정도로 달콤한 향기가 코를 찔렀다.

"고, 고맙습니다!"

교과서를 받은 남학생들은 하나같이 키라라자카 선생님에게 넋이 나갔다. 우리 반 애들은 물론이고 "키라라자카 쌤, 예쁘지 않아?", "영어 선생님이라 영어도 엄청 잘한대", "저런 선생님이 담임이면 좋겠다~", "나도~" 하는 여학생들의 목소리도 들렸다.

나도 그 말에 동의한다. 나 역시 담임이 키라라자카 선생님이면 좋겠다.

애들도 나보다는 키라라자카 선생님한테 교과서를 건네받는 편이 기쁠 것이다.

하지만 그렇다고 내가 손 놓고 구경만 할 수도 없는 노릇.

"이 녀석들! 잡담하지 말고 교과서나 가져가. 그리고 카토 선생님…… 카토 선생님!"

"아……!"

"뭘 그렇게 넋을 놓고 있어요?"

"앗, 아…… 죄송합니다!"

카토 선생님은 키라라자카 선생님한테 반한 것이 분명하다.

"여기요, 카토 선생님."

"키라라자카 선생님, 고, 고맙습니다!"

영 정신을 못 차린다.

나는 계속 카토 선생님과 키라라자카 선생님과 함께 학

생들에게 교과서를 운반시켰다.

교과서 덩이는 여덟 명째 학생을 마지막으로 전부 운반했다.

나는 남은 내 반 여학생 두 명한테 배부할 프린트를 맡기고 함께 교실로 향했다.

"쌤, 드릴 말씀이 있는데요."

도중에 날 따라오던 여학생 하나가 생글생글 웃으면서 입을 열었다. 우자키 레이나다. 금발로 염색한 예쁘고 기다란 머리카락, 멋대로 고쳐놓은 교복. 세간에서 흔히 말하는 갸루다.

이런 애들은 선생님을 상대로도 장난에 거침이 없기에 나로서는 대하기 어려웠다.

"뭔데……."

내가 내심 경계하면서 되묻자, 우자키는 귓가에 입술을 가까이 붙이며 말했다.

"아까, 카토 쌤이 키라라자카 쌤한테 홀딱 빠져서 정신을 못 차렸잖아요? 혹시 카토 쌤, 키라라자카 쌤 좋아하는 거 아니에요?"

"……."

정곡을 찌른다.

아니 그것보다, 귓가에 입술을 대고 말한 것치고 목소리가 너무 컸다.

카토 선생님이 옆에 없기에 망정이지.

"사쿠치도 그렇게 생각하지? 응?"

우자키가 옆에 있는 아야세한테 동의를 구한다. 아야세 사쿠라, 날 따라 프린트를 운반 중인 또 한 명의 여학생이다. 사쿠치는 그녀의 별명인 듯했다.

아야세는 우자키와 전혀 다른 타입이다. 흑발을 두 갈래로 땋아 내리고 안경을 낀 전형적인 문학소녀의 느낌이다. 얌전하고 청초한 분위기에 가깝다.

"응? 아…… 그럴지도……."

"그치~? 사쿠치도 그렇게 생각했대요!"

전형적인 갸루와 문학소녀. 그다지 접점이 없을 거 같은데도 꽤 친해 보였다.

"키자키 쌤은 어떻게 생각해요? 뭐 아는 거 없어요?"

"……뭘?"

"카토 쌤이 키라라자카 쌤을 어떻게 생각하는지 말이에요. 아, 혹시 쌤도 키라라자카 쌤 좋아해요?! 엄청 예쁘잖아요. 진짜로 좋아하는 남자애도 있다고요."

"아, 그건——."

"하하하, 쌤, 얼굴 새빨개! 혹시 쌤, 그런 방면으로 늦은 타입? 혹시 아직 동정? 카토 쌤도 그런 것 같고."

"동정이라니, 여고생이 함부로 그런 말 하면 못써. 아야세가 민망해하잖아."

© Shiokoji

아야세한테 시선을 주자, 어색한 미소를 돌려줬다.

"뭐~ 카토 쌤에 비하면, 키자키 쌤이 더 여친 쉽게 만들 것 같긴 해. 자세히 보면 귀여운 얼굴이고. 매칭 앱 같은 거 해보면 어때요? 여친 바로 생길걸요?"

"크흠……."

"하하하, 쌤, 뭘 그렇게 당황하세요? 귀여워~♡"

"이 녀석이……."

그런데──.

'카토 선생님…… 다 들켰어. 나도 그렇지만…….'

마음속으로 쓴웃음을 지을 수밖에 없었다. 게다가 매칭 앱이라니.

역시 갸루는 무섭다.

나는 속으로 그렇게 생각했다.

3

새 학기가 시작되고 일주일 남짓이 지났다.

이는 TWINS의 사진 및 신분증 심사에 통과하고도 일주일 남짓이 지났다는 의미다.

처음에는 여성의 프로필을 구경만 했다. 「좋아요!」를 누르지 않으면 매칭되지 않으므로, 한 번도 메시지를 주고받지 않은 나는 여전히 매칭 앱의 묘미를 이해하지 못했다.

이때는 그냥 야구나 축구, 성우나 아이돌의 명부를 보고 있는 것과 다를 게 없었다.

그러다 시간이 좀 흐른 어느 날, 갑자기 「좋아요!」를 받았다는 알림이 왔다. 그것도 어마어마하게 많이.

그중 마음에 드는 여성에게 용기를 내서 「좋아요!」를 누르자 금방 연결되었다.

'이게 매칭 앱의 힘? 혹시 나, 인기 많은 편이었나?'

쏟아지는 요청에 내심 이런 생각이 들었다.

혹시 나 매칭 앱 체질인가?

그러나 착각이었다.

데이트는커녕 메시지 교환은 세 번도 왕복하기 전에 끊어졌고, 점차 「좋아요!」도 오지 않게 되었다.

나는 여전히 매칭 앱의 묘미를 모르는 상태였다.

대체 뭐가 문제일까? 뭐가 잘못됐지?

나중에 하카마다에게 LINE으로 물어봤더니, 계정을 만든 직후에는 신규 보너스가 붙어서 노출이 많이 되기 때문에 「좋아요!」가 늘어난다는 정보가 나왔다.

즉 뉴비 학살. 아무나 걸려라, 하는 사람들이 「좋아요!」를 남발했다는 의미다.

나는 그것도 모르고 혼자 우쭐했던 거다.

"매칭 앱에 등록했다고 금방 좋은 상대를 찾을 거란 생각은 버리는 게 좋아. 여러 번 말했잖아. 결혼 활동 시장은 전쟁터라고. 잘 맞는 사람을 찾을 때까지 버틸 수밖에 없어. 그러면 언젠가는 나처럼 길이 열릴 거다.”

자신의 어리석음에 한탄하던 나에게 스승인 하카마다가 그런 조언을 했다.

그래서 포기하지 않고 「좋아요!」를 계속 눌렀더니 몇 번 「좋아요!」가 되돌아왔다.

그러나 처음처럼 대부분 세 번쯤 왕복하면 메시지가 끊어졌다.

결국 나는 여전히 매칭 앱의 묘미를 알지 못했다.

그러던 어느 날.

학교에서 돌아오는 길에 역 근처 쇠고기덮밥 체인점에 들러서 기간 한정 인기 메뉴인 ‘고로고로 치킨카레’를 먹고 있는데 스마트폰이 띠링띠링 연달아 울렸다.

학교 교직원이나 학창 시절 친구들끼리 만든 LINE 그룹 채팅방에 글이 올라왔나? 아니면 누가 메시지를 보냈나? 아니면 게임 알림인가?

스마트폰을 들여다보니 TWINS에서 온 알림이었다.

내 프로필에 ‘사쿠란’이라는 이름의 유저가 「좋아요!」를 눌렀다는 알림이다.

오랜만의 「좋아요!」에 심장이 쿵쾅거렸다.

사쿠란── 한자로 하면 ‘착란(錯亂)’이란 의미라 조금 찜찜하지만, 아마 본명이 ‘사쿠라(桜)’라서 그렇다고 자신을 설득했다.

'그런데 내가 이 사람한테 좋아요!를 누른 적이 있던가?'

아니, 그런 기억은 없다. 이건 내 프로필을 보고 사쿠란이 먼저 「좋아요!」를 보낸 거다.

여성이 먼저 눌러 준 것은 오랜만이다.

역시 기쁘기도 하고 흥분도 된다.

사쿠란, 대체 어떤 사람일까?

예쁜 사람일까?

운명의 만남이라는 다섯 글자가 내 머릿속에서 춤을 춘다.

그러나 동시에 내 프로필에 「좋아요!」를 누른 사람이 멀쩡한 사람일 리가 없다, 기대하지 말자, 하는 자기 비하도 떠올랐다.

혹여 멀쩡하더라도 어차피 또 금방 끊어질 테고.

심지어 지금 밥 먹는 중이 아니었던가. 마음을 진정시킨 다음에 확인하자.

하지만 들뜬 마음이 진정될 리가 없었다.

결국 나는 마치 물을 삼키듯이 카레를 단숨에 먹어 치우고 가게를 나오자마자 「좋아요!」 알림을 탭했다. 사쿠란의 프로필란이 표시된다.

그리고 이름란에 표시된 상대의 사진을 본 순간.

다시 심장이 미친 듯이 쿵쾅거렸다.

갈색의 풍성한 웨이브 머리에 어딘가 앳된 표정. 아주

좋은 냄새가 날 것 같은――그렇다, 살짝 키라라자카 선생님과 분위기가 닮은 여성이었다.

"이 사람이 내게……?"

딱 내가 좋아하는 타입이다.

정말 이런 미인이 나한테 「좋아요!」를 보낸 건가?

'아니, 잠깐?'

나는 어떤 것을 깨달았다.

사쿠란의 진짜 이름이 '사쿠라'라고 가정해 보자.

사쿠라(サクラ)――.

즉 바람잡이!*

이건 낚시가 틀림없다.

영 인기가 없는 나에게 보낸 고객인 척하는 운영자 측의 자객.

하, 이런 거에 낚일 줄 알았냐――!

"…………."

저절로 손가락이 움직였고, 나는 사쿠란의 프로필을 읽기 시작했다.

나이는 나보다 두 살 어리다.

딱 좋은 나이 차다.

물론 「미혼」이고, 결혼은 「상대방과 의논해서」라고 되어 있다.

나와 똑같은 걸 고른 점도 좋다.

―――――――

*'사쿠라(サクラ)'에는 바람잡이, 한통속이라는 뜻도 있다.

지역도 같은 도내다.

게다가 자유 기술인 자기소개에는 현재는 「보육 교사를 목표로 공부 중」이라고 적혀 있었다. 아이를 좋아하는 모양이다.

나는 직업은 「교사」가 아니라 「공무원」이라고 입력했으니, 같은 직업군을 노린 것은 아니다.

그렇다면 그거야말로 기적이다.

'보육 교사'와 '선생님'이라니, 천생연분이 아니면 뭐란 말인가.

그 밖에도 자기소개에는 자세한 정보들이 있었다.

"취미는 만화를 읽거나 애니메이션을 보는 것"이라고 적혀 있는데, 이 또한 나랑 똑같았다.

사쿠란 씨도 같은 취미를 가진 사람을 찾기 위한 커뮤니티 기능을 사용했는데, 거기에 적힌 작품 중에는 내가 좋아하는 소년 만화 작품도 많았다.

혹시 진짜 운명의 만남 아닐까?

나는 그런 생각이 들어서 용기를 내서 「좋아요!」 버튼을 눌렀다.

서로 「좋아요!」 상태.

이로써 메시지 교환이 가능하다.

'뭐라고 보내지……'

저쪽이 먼저 「좋아요!」를 보냈지만, 대화는 역시 남자가 먼저 시작해야겠지?

하지만 모처럼 생긴 기회인데, 지금까지 그랬던 것처럼 실패하고 싶지는 않다.

그래서 검색 사이트에서 '매칭 앱', '첫 메시지'로 검색했다. 집에 가서 AI에도 물어볼 생각이다.

그리고 집에 돌아와서 옷을 갈아입었을 때, 다시 스마트폰이 울렸다.

확인한 결과, 「좋아요!」 알림이나 사쿠란의 프로필을 봤을 때보다 더 크게 심장이 쿵쾅거렸다.

『사쿠란 님으로부터 메시지가 도착했습니다』

스마트폰에 이런 알람이 표시되어 있었기 때문이다.

처음에 어떤 메시지를 보내야 하나 고민한 것은 헛수고가 되었지만, 그런 건 아무래도 좋다. AI에도 아직 물어보지 않았지만, 물론 그것도 아무래도 좋은 일이다.

'뭐라고 했을까?'

침대에 누워 가슴을 두근거리면서 메시지를 열어 본다.

안녕하세요, 사쿠란입니다!

저도 앱을 시작한 지 얼마 안 되고,

좋아하는 만화도 똑같아서

운명인가 하고

이렇게 메시지를 보내요.

괜찮으시면 사이좋게 지내요!

메시지에 이어서 고개를 꾸벅 숙이는 스탬프도 왔다.

'운명————!!'

나도 생각했던 단어였다. 취미가 같고 이상형의 외모를 가진 여성과의 만남이라니 그리 흔히 있는 일은 아니다. 이것이야말로 운명의 만남 그 자체이리라.

매칭 앱, 무섭다!

나는 즉시 답장하기로 했다.

메시지 감사합니다!

반갑습니다!

저도 프로필을

봤습니다.

여기까지 썼을 때 손이 멈췄다.

보육 교사를 꿈꾸는 사쿠란 씨와의 접점으로서 교직에 있다는 것을 써야 하나 말아야 하나 고민이 되었기 때문이다.

아무래도 개인정보를 공개하기에는 너무 이를지도 모른다. 하지만 관심도 끌고 싶고, 그랬기 때문에 운명도 느꼈던 건데——.

'음, 그냥 쓰자!'

학교 이름을 쓰는 것도 아닌데 괜찮겠지, 뭐.

나는 그렇게 결심하고 문자를 입력해 나간다.

프로필에 공무원이라고 썼지만,

사실 교직에서

아이들을 상대하는 일을 하고 있습니다.

비슷한 직업을 꿈꾸는 분과

이렇게 연결되어 정말 반갑습니다.

저도 운명이라는 생각이 드는군요.

조금 부끄럽지만 사쿠란 씨처럼 '운명'이라는 단어를 쓰고 말았다.

'그런데 이렇게만 쓰면 너무 일방적으로 내 얘기만 하는 건데…….'

지금까지 번번이 메시지가 끊어진 것도 이런 이유에서이다. 그래서 또 무슨 말을 쓸지 '매칭 앱', '답장', '남성', '메시지 보내는 법' 등으로 검색해 보았다.

그러자 매칭 앱 공략 사이트가 줄줄이 나왔다.

몇 군데를 봤더니 『상대방이 대답하기 쉬운 질문을 하는 것이 대화를 이어가는 비결이다』라는 것이 어디에나 쓰여 있다. AI에게 물어도 그렇게 대답하길래, 그런 건가 하고 나도 그렇게 하기로 했다.

사쿠란 씨는 소년 만화를
좋아한다고 하셨는데,
어떤 타이틀의 만화나
애니메이션을 좋아하세요?
전 일요일에 방영하는
소년 탐정물 애니메이션 이야기를
학생들에게 자주 들려준답니다.
답장 기다리고 있겠습니다.

일단 대화의 물꼬를 터야겠다 싶어서 사쿠란 씨가 좋아한다고 밝힌 작품 중에서 무난한 것을 소재로 삼았는데 물론 그것도 거짓말은 아니다. 나도 좋아하는 작품이다.

다만 메시지가 다소 길고 딱딱한 느낌이다.

이래서는 편지와 다를 바 없을 것 같다.

하지만 편지로 소식을 주고받던 옛날에도 이런 느낌 아니었을까?

안 되면 또 그때 가서 생각하면 된다.

다음에 살리면 되지, 하고 마음먹고 메시지를 보낸다.

그래도 메시지를 보고 호감도가 올라갈까, 아니면 내려갈까? 하고 불안해진다.

처음 메시지를 보냈을 때도 뭔가 미연시 같다고 생각했

는데, 그 느낌은 지금도 변함이 없다.

단 저장도 불러오기도 없고, 한 번 더 공략에 도전할 수도 없다. 성공했는지도 바로 알 수 없다. TV 프로그램처럼 '정답은 광고 뒤에' 하는 식의 정해진 간격도 없다.

그래서 정신을 딴 곳으로 돌리기 위해 애니메이션을 보면서 모바일 게임의 이벤트를 플레이했다.

그렇게 애니메이션 오프닝이 끝나고 조금 지났을 때 알림이 왔다.

'왔다……! 사쿠란 씨야!'

메시지를 보고 안심한다.

답장 내용을 잘못 쓰진 않았던 것 같다.

사쿠란 씨가 보낸 답장에 적힌 애니메이션과 만화는 내가 좋아하는 작품들이었다. 덕분에 대화가 활발히 이어져 메시지가 왕복으로 다섯 번이나 오가게 되었다. 지금까지 중 최고 기록. 마치 취향이 맞는 동성과 대화하는 기분이었다.

하지만 동시에 의심 또한 피어올랐다.

'역시 바람잡이인가……?'

메시지가 일정 횟수 이상이 되면 남성은 추가 지불을 해야 한다. 메시지를 많이 교환할수록 업체가 돈을 버는 것이다.

그러나 '바람잡이'가 '사쿠란'이란, 대놓고 수상쩍은 이름을 쓸까?

'못 할 것도 없지 않아?'

거꾸로 생각하면 '바람잡이'라는 것이 들통났을 때, 그래서 '사쿠라'라고 썼지 않았냐고 우길 수도 있다.

'으아악, 헷갈려 죽겠네!'

참고로 검색해 보니 TWINS에 바람잡이가 『있다』, 『없다』로 의견이 갈려 있었다.

진실은 모르겠다. 요즘 시대에는 기업이 굳이 그런 리스크를 짊어지지 않는다고는 하는데.

어느새 밤 23시가 훌쩍 넘은 시각.

내일도 출근해야 하니 슬슬 자야 한다.

그래서 조금 아쉽지만, 잘 자라는 의미의 메시지를 보내는 것으로 오늘의 대화를 마무리하기로 했다.

'사쿠란 씨가 바람잡이가 아니면 좋겠다.'

그리고 앞으로도 메시지 교환이 이어져서 직접 만나기도 하면 좋겠다──이런 생각을 하면서 잠들었다.

4

다음 날 아침, 일어났더니 사쿠란 씨한테서 메시지가 도착해 있었다.

좋은 아침이에요!
일 열심히 하세요!
전 알바를 열심히 하겠습니다!

아침부터 활기찬 메시지다.
몰랐던 정보도 적혀 있다.
'사쿠란 씨는 아르바이트하는구나…….'
새로운 정보를 알게 돼서 조금 기쁘다.
이 메시지로 사쿠란 씨가 바람잡이가 아니라는 확신도
들었다.
바람잡이가 굳이 아침부터 이런 메시지를 보낼 리가 없
지 않은가.
사쿠란 씨는 절대로 바람잡이가 아니다!

알바 열심히 하세요!

이렇게 메시지를 보냈다.

열심히 할게요!
슈 씨도 열심히 하세요!

곧바로 답장이 온다.

뭔가…… 느낌이 좋다.

'뭘까, 이 느낌은…….'

그 뒤로 매일 나는 사쿠란 씨와 메시지를 교환했다.

하루 세 번—— 혹은 네 번, 다섯 번, 여섯 번.

그것만으로도 연인이 생긴 듯한 기분이 들고, 하루하루가 전보다 눈부시게 느껴지기까지 했다.

새 메시지가 오지 않았는지도 신경 쓰여 죽겠다. 쉬는 시간에 교무실로 돌아와서 스마트폰을 확인하는 것이 낙이 되어 버렸을 정도다.

그렇게 2주일쯤이 지나고——.

골든위크를 앞둔 시기였다.

금요일 밤. 다음 주에 영화관에서 개봉하는 소년 탐정물 애니메이션 시리즈의 홍보 차원일까. TV에서 작년 골든위크에 개봉했던 동 시리즈의 영화를 방영하고 있었다.

사쿠란 씨도 같은 방송을 시청하고 있었는데, 영화 관람을 좋아한다고 했었다.

'이거 기회 아냐?'

같이 가실래요? 하고 자연스럽게 데이트를 신청할 수 있다.

골든위크라 나도 시간에 여유가 있다.

『방관자가 되지 마라. 피에로라도 좋으니까, 무대에 서라.』

하카마다가 TV에서 들은 명언이라며 말했었다.

그래서 매칭 앱을 시작하게 되었다고.

'그래, 한 발 앞으로 나가지 않으면 연애도 진전될 수 없지.'

다른 위험한 남자들에게 빼앗길 바에는 내가 차지한다.

하카마다는 내가 그녀를 지키겠다는 기세로 가라고도 말했었다.

그가 근무하고 있는 중학교의 선배 교사에게 들은 말이라고 한다.

중간에 빼앗기면 최악이라고.

그래서 용기를 내서 메시지를 보내기로 한다.

괜찮으시면,

같이 보러 가실래요?

지금까지 매칭 앱을 쓰면서 가장 심장이 두근대는 순간이었다.

TV 영화 따위는 눈에 들어오지 않는다.

'거절하면 어쩌지……'

지금까지 즐거웠던 대화까지 전부 물거품이 되는 걸까?

거절하더라도 이미 친구랑 가기로 약속했다는 이유면 그나마 나을 텐데.

이 즐거운 시간이 끝나는 건 아니니까.

"앗!"
곧바로 사쿠란 씨한테서 답장이 왔다.
심판의 때가 온 것이다.
침을 꿀꺽 삼키고 용기를 내서 메시지를 열어 본다.
동시에 온몸이 기쁨으로 부르르 떨렸다.
이런 느낌, 정말 오랜만이다——.

저도 말하려던 참이었어요. 꼭 같이 가요!

이어서 「잘 부탁합니다!」라고 적힌 귀여운 캐릭터 스탬프도 날아온다.
「저야말로!」 하고 나도 귀여운 스탬프를 보냈다.
여성에게 인기 있는 마스코트 캐릭터다.
그렇다면 다음은 날짜를 정해야 하는데.
영화를 본 다음에 어디서 식사할지도 하고…….
이런 생각을 하고 있는데 다시 곧바로 메시지가 도착했다.

날짜는 골든위크 마지막 날 어떠세요?
그때까지는 일정이 좀 있어서…….
그리고 가고 싶은 식당도 있는데,
같이 식사도 어떠세요?

데이트를 신청하려고 했는데 도리어 데이트를 신청받다니.

영화 다음에 식사라니 완벽한 데이트 코스지 않은가.

날짜는 물론 문제없다.

골든위크 중에 하카마다와 아오야기를 만나 술을 마시자는 얘기도 있었지만, 하카마다가 결혼 준비로 예비 신부인 히로 씨의 집에 가게 됐다고 해서 약속이 미뤄진 터라, 현재로서는 아무 예정도 없는 거나 마찬가지다.

어떤 식당인가요?
예약이 가능한 식당이면
제가 해 두겠습니다.

이 기회에 에스코트도 되는 남자의 모습을 어필해야지.
메시지를 보낸다.

정말요?!
이 식당이에요!

기뻐하는 메시지가 즉시 돌아온다.
링크된 주소를 클릭.
세련된 양식 레스토랑인데 코스가 많다. 그중에 눈길이

멎은 것은 '커플 코스'다.

「두 명이 간다면 커플 코스를 추천! 다른 코스보다 가성비 좋음!!」이라고 적혀 있다.

그런데 거기까진 오버인가? 이런 생각을 하고 있는데 먼저 메시지가 도착했다.

코스 메뉴에 있는
'커플 코스'가 가성비가 좋대요.
그걸로 하실래요?

"이거 완전히 연인 같잖아!"

나도 모르게 소리를 지르고, 스마트폰을 손에 쥔 채 침대에 벌러덩 드러눕는다.

이제 TV에서 방영되고 있는 영화 따위는 뒷전이다.

'……침착해, 침착…….'

하지만 느닷없이 식사며 '커플 코스'를 제안하다니.

사쿠란 씨한테는 이것이 당연한 걸까?

그런 게 아니라 서로 통하는 걸까?

얼굴도 예쁘장하고 연애 경험도 풍부하니까 당연하지만…….

'애초에 보통의 성인들이 어떤 연애를 하는지도 전혀 모르겠어…….'

매칭 앱에서는 이게 보통인가?

하지만 사쿠란 씨가 '커플 코스'가 괜찮다고 하면 괜찮은 거겠지.

메뉴가 맛있어 보여서 나도 가고 싶다고 생각했다는 메시지를 보내자 사쿠란 씨도 기뻐해 주었다.

그리고 약속 시간과 영화 시간까지 정하고 식당을 예약했다.

영화도 내가 예매해 두기로 했다.

물론 자리는 바로 옆.

벌써 심장이 나댄다.

그리고 시간은 흘러──.

골든위크 마지막 날.

드디어 데이트 날이 되었다!

5

데이트 당일.

골든위크 마지막 날 오후.

나는 만남의 장소로 유명한 시부야 하치코 앞에 있었다.

수많은 젊은이로 북적이는 가운데 초조한 마음으로 한

여성을 기다렸다.

골든위크 중에도 줄곧 메시지를 주고받은 상대다.

슬슬 올 시간이 됐는데 하고 스마트폰으로 얼굴을 확인한다.

내가 몇 번이나 스마트폰과 주위를 대조하면서 사쿠란 씨의 모습을 찾고 있을 때, 누가 등을 손가락으로 톡톡 두드렸다.

"슈 씨?"

등 뒤에서 들려오는 것은 상상했던 대로 귀여운 목소리.

뒤를 돌아보자 "아, 역시! 슈 씨 맞네요" 하고 내 얼굴을 확인하는 동시에 오른손의 다섯 손가락을 활짝 펼쳐 손바닥을 향하며 인사한다.

"처음 뵙겠습니다. 사쿠란이에요."

엄청나게 귀여운 환한 미소. 그러나 눈앞의 '사쿠란' 씨는 스마트폰 속의 '사쿠란' 씨보다 훨씬 더 어려 보였다. 아니.

'이건 어떻게 봐도 23살이 아니잖아…….'

나도 모르게 마음속으로 외치고 있었다. 사진보다 훨씬 앳된 얼굴이고, 온몸에서 풍기는 분위기는 평소 가르치는 여학생들과 비슷했다.

화상 가공. 포토샵. 패널 매직.

그런 단어가 뇌리를 스친다.

'설마 나이를 속이고 돈 많은 남자를 잡으려는……?'

그렇지만 TWINS에 등록하려면 신분증명서 제출이 필수다.

즉 신분증명서의 위조.

아니면 여동생……?

당황하는 모습을 들켜 버린 걸까?

"왜 그러세요?"

"아, 그게…… 앱에서 봤던 것보다 어려 보이셔서……."

솔직한 대답이 튀어나왔다. 그러자 사쿠란 씨는 눈을 가늘게 뜨고 일순간 나를 불쾌한 듯 노려본 것처럼 보였는데, 그것은 정말 일순간이고 이내 "하하하, 그거 칭찬이에요? 고마워요. 제가 좀 어린애처럼 보이긴 해요" 하며 웃었다.

하지만 어딘지 화난 것처럼 보이기도 한다.

"아, 아닙니다. 순간 사쿠란 씨가 아니라 여동생인가? 하는 생각이 들어서……."

"하하하. 슈 씨는 재미있는 분이네요. 그럴 리 없잖아요. 전 여동생도 없어요."

"그, 그렇군요. 아하하하……."

웃음을 잃지 않는 사쿠란 씨.

반면 나는 잔뜩 경직된 얼굴로 웃을 수밖에 없었다.

'위험해……. 이건 위험해…….'

갑자기 헛도는 느낌이랄까, 지뢰를 밟아 버린 기분이다.

외모와 나이는 사쿠란 씨에게 콤플렉스인지도 모른다.

앞으로는 언급하지 말도록 하자.

이 말을 하는 게 우선이다——.

"그, 그러면 영화관으로 갈까요?"

일을 진전시켜야 한다는 것 말고 아무 생각도 나지 않았지만, 사쿠란 씨는 순순히 따라 주었다. 대미지 컨트롤은 성공……한 걸까?

무엇보다도 초장에 데이트가 종료되지 않아서 다행이라고 내심 안심했다.

× × ×

사쿠란 씨와 나.

우리 둘은 인파로 북적이는 거리를 서로 어깨가 부딪칠 만한 거리를 두고 나란히 걷는다.

이렇게 이성과 나란히 걷는 것은 중학교 이후 처음이다.

그때의 상대를 당시의 연인, 이라고 해도 좋을지 모르겠다.

하지만 일단 연인이었다고 생각한다.

혼자만의 착각은 아니다.

결과적으로는 자연스럽게 관계가 소멸했지만, 틀림없이 내 인생에서 유일한 연인이다.

그 몇 번의 데이트 중 한 번 영화를 보러 간 기억도 있지만,

어느 것이나 너무 긴장한 탓에 어떤 데이트를 했었는지 거의 기억나지 않는다.

참고로 그때만큼은 아니지만 물론 지금도 긴장하고 있다. 손에 땀도 배어 나오고 있었다.

나이도 먹을 만큼 먹었는데 이런 상황에 익숙해지지 않으면 결혼은커녕 여자친구도 생기지 않을 게 뻔하지만…….

'학교에서는 아무렇지도 않게 여자들을 대하니까, 여고생이라고 생각하면 어떻게든 될 거야…….'

나 자신을 그렇게 다독이지만, 그건 그것대로 문제 아닌가 싶은 생각이 든다. 여고생이랑 데이트하는 선생님이 되니까.

이건 옆에서 걷는 사쿠란 씨가 어려 보이는 탓도 있다.

만일 이런 모습을 학교 선생님들이나 학생들에게 들킨다면 쓸데없는 오해를 받을 게 틀림없다. 절대 들킬 수 없다.

'날 알아보는 사람은 없겠지……?'

그런 식으로 주위가 신경 쓰이지만, 그런 걱정은 아랑곳하지 않고 금세 목적지인 영화관에 당도했다.

로비는 거리와 마찬가지로 사람들로 발 디딜 틈 없지만 거기에도 아는 얼굴은 없다. 안심하고 있는데 사쿠란 씨가 말을 걸어왔다.

"팸플릿 사도 돼요?"

내가 고개를 끄덕이자, 판매 창구로 달려가는 사쿠란

씨. 줄이 길지 않아 금방 돌아왔다.

"팸플릿을 사는 취미가 있군요."

"읽는 것도 좋아하고, 추억도 되잖아요. 오늘 이렇게 슈 씨하고 영화를 보러 왔었지, 하고 이걸 볼 때마다 생각날 거예요."

에헤헷♡ 하고 빙그레 웃는 사쿠란 씨.

'뭐야, 이 사람…… 엄청 귀엽잖아.'

그 말은 물론이고 수줍어하는 표정까지 전부 다 미치도록 귀엽다.

두근거린다.

"듣고 나니 저도 사고 싶어지네요."

나도 이날의 기념을 남기고 싶어졌다.

"그럼 전 음료수 사고 있을게요. 슈 씨는 뭐 마실래요? 제가 사 올게요."

그 말에 메뉴를 본다.

뭐가 엄청 많네…….

"음, 오렌지 주스로 할게요. S 사이즈로."

일부러 작은 사이즈로 했다. 너무 마시면 영화 도중에 화장실에 가고 싶어질지도 모른다. 그러면 사쿠란 씨가 영화 보는 데 방해될 테고, 내 인상도 나빠진다.

상영 시간은 거의 두 시간이다. 이건 미리 조사해 놓았다.

"그럼 사 올게요. 정산은 나중에 해도 돼요."

그런 말을 남기고 주문하러 총총 달려가는 사쿠란 씨.

나는 팸플릿을 구매했다. 마침 줄 선 사람이 없어서 금방 살 수 있었다.

반면 음식 쪽은 줄이 늘어서 있어서 사쿠란 씨는 아직 기다리는 중이었다.

이내 곧 계산대 순서가 돌아왔다. 내 10m 앞에서 주문하는 사쿠란 씨. 지금 가면 방해가 될 것 같아서 기다리기로 했다.

얼마쯤 있자 사쿠란 씨가 양손에 음료수를 하나씩 들고 내가 있는 곳으로 돌아왔다.

"오래 기다리셨죠?"

"사쿠란 씨는 뭐로 하셨어요?"

"전 멜론 주스요. 멜론 주스는 이런 곳에서만 팔잖아요. 그래서 이런 곳에 오면 마시고 싶어져요."

듣고 보니 그렇다. 패스트푸드점이나 영화관 이외에서는 거의 본 적이 없다.

"가끔 계절 한정으로 편의점에 나오기도 하지만, 그런 거하고 이런 곳에서 마시는 건 맛이 좀 다르거든요."

사쿠란 씨는 그렇게 말하면서 빨대에 입을 댔다.

"음, 맛있어 ♪"

기가 막히게 맛있는 표정이란 분명 이런 표정이리라. 뺨에 손을 대는 사쿠란 씨. 진심으로 귀엽다.

이런 여자가 여친이라면 정말 메일이 행복할 텐데.

우리는 상영관으로 이동해서 예매한 자리에 앉았다.

"기대돼요."

"그…… 그러네요."

이렇게 여성과 나란히 앉아 영화를 보는 일도 학창 시절 이후로는 처음이다.

조명이 어두워지고 예고편에 이어서 본편이 시작됐다.

영화에 집중해야 하건만, 옆자리의 사쿠란 씨가 신경 쓰여서 그럴 수가 없었다.

'이러면 안 돼……. 집중해야지.'

영화가 끝나면 저녁을 먹으면서 영화에 대한 감상을 나눌 예정이다.

똑똑히 봐 놓지 않으면 대화를 따라가지 못해서 진지하게 보지 않았다는 것이 들통나고 말 것이다. 호감도도 뚝 떨어질 것이 틀림없다.

'영화에 집중…… 집중하자…….'

속으로 수없이 되뇌면서 스크린으로 시선을 향하지만, 역시 집중이 되지 않았다. 호흡이 거칠어지지는 않았는지도 신경 쓰이고, 자꾸 사쿠란 씨가 신경 쓰여서 곁눈질로 힐끔거리게 된다.

당연히 사쿠란 씨는 나와 다르게 영화에 집중하고 있다. 그 내용에 일희일비할 때마다 표정이 휙휙 바뀌었다.

귀여움 그 자체다.

귀여움의 인간화.

귀엽다는 말밖에 찾을 수가 없다.

귀엽다. 귀엽다. 귀엽다.

하지만 역시 사쿠란 씨를 보고 있을 때가 아니지, 하고 스크린에 필사적으로 집중한다.

그렇지만 얼마쯤 지나자 다시 사쿠란 씨가 신경 쓰인다.

몇 번쯤 그것을 반복하는 사이에 영화는 중반으로 접어들었다.

그쯤 되니 나도 이 상황에 익숙해졌고 스토리도 흥미진진해져서 영화의 후반부는 작품에 빠져들어 집중할 수 있었다.

그리고 2시간 가까이 되는 상영 시간은 감동과 함께 피날레를 맞이했다.

6

"영화 정말 좋았어요! 특히 클라이맥스인 자동차 추격 장면이 최고였어요! 아, 슈 씨는 도중에 범인 알았어요? 전——."

사쿠란 씨는 상영관에서 나오자마자 작품의 내용을 이야기하기 시작한다.

© Shiokoji

상기된 표정으로 폴짝폴짝 뛰는 사쿠란 씨의 모습은 정말 사랑스럽다. 그러나──.

"저기, 사쿠란 씨……. 주위에 사람이 많으니까, 내용을 말하는 건……."

"아……! 죄송해요. 창피하네요. 지금부터 볼 사람들도 있는데, 스포일러하면 안 되죠. 감상은 식당에 가서 말하기로 해요."

창피해하는 사쿠란 씨.

우리는 곧바로 예약해 놓은 세련된 양식 레스토랑으로 이동했다.

사쿠란 씨가 제안한 그 식당이다.

식당이 가까워졌을 때, 손에 장난감 비행기를 든 아이가 "붕!" 하면서 달려왔다.

유치원에서 초등학교 저학년 정도 되어 보이는 아이였는데, 그 뒤를 또 다른 아이가 쫓아오고 있었다. 생김새로 봐서 형제인 것 같은데…… 이딴 건 아무래도 좋다.

비행기를 들고 있는 아이는 앞을 보고 있지 않았다.

결국 그 아이는 피할 틈도 없이 나와 충돌하고 말았다.

"슈 씨──."

"……어이쿠."

아이가 나와 세게 부딪쳤다.

나는 그 작은 몸을 겨우 받아냈지만, 아이가 들고 있던 비행기가 바닥에 떨어지고 말았다.

그때 "켄타! 유타!" 하고 외치면서 한 여성이 달려왔다. 나이는 30대 초반 정도. 두 아이의 엄마인지 나에게 미안하다고 사과했다.

"죄송해요, 괜찮으세요?"

"전 괜찮습니다."

땅에 떨어진 비행기를 주우면서 대답한다.

다행히 장난감은 멀쩡했다.

"너희, 이 형한테 사과해."

"죄, 죄송합니다."

"죄송합니다."

미안해하며 머리를 숙이는 아이들.

시무룩하니 반성하고 있는 듯하다.

"자, 여기. 아마 망가지지 않았을 거야."

나는 원래 갖고 있던 소년에게 비행기를 내밀었다.

그러자 그 소년이 고개를 번쩍 들더니 밝은 표정으로 비행기를 받았다.

"앗, 고맙습니다!"

나는 그 머리를 쓰다듬어 주었다.

"밖은 위험해. 놀 때는 앞을 똑바로 보고 조심하렴."

"네!"

우리는 감사 인사와 사과를 거듭하는 어머니와 아이들

과 헤어져 식당으로 들어갔다.

청아하게 울리는 종소리는 물론이고 흐르는 곡도 인테리어도 유럽식인 매우 세련된 식당이었다. 손님은 많지만, 나름대로 합리적인 가격 때문일까? 시끌벅적하지 않고 좋은 분위기다. 맛집 사이트 리뷰에 적혀 있는 대로 데이트하기에 좋아 보인다.

예약했다고 말하자 턱시도를 입은 남자 점원이 우리를 자리로 안내해 주었다.

물을 따라 주고 묻는다.

"주문은 예약하신 대로 커플 코스로 하시겠습니까?"

커플 코스.

점원의 질문에 심장이 다시 쿵쾅대면서 긴장되기 시작한다.

이런 식당에서 여성과 마주 앉는 것은 처음이다.

그러자 사쿠란 씨가 "그걸로 부탁해요" 하고 눈을 가늘게 뜨고 대답했다.

그 모습이 아주 그럴듯해서 나도 모르게 신음이 나왔을 정도다. 아까까지 느껴졌던 앳된 모습과는 다르게 부잣집 딸처럼 익숙한 제스처다.

"음료는 어떻게 하시겠습니까?"

"아, 그게……."

당황해서 눈앞의 드링크 메뉴를 펼쳤다.

‘참, 이런 건 레이디 퍼스트지,’

나는 당황해서 메뉴를 사쿠란 씨에게 돌렸지만, 사쿠란 씨는 “전 나중에 고를게요” 하고 나에게 양보했다.

‘어, 어쩌지?’

뭘 마실지는 사쿠란 씨한테 맞추려고 했는데.

“사쿠란 씨는…… 그…… 술은…….”

그렇게 말한 순간, 점원도 사쿠란 씨를 흘끗 쳐다보았다.

숙녀처럼 굴어도 얼굴은 앳되기에 나이가 의심쩍은 것인지도 모른다. 그러자 사쿠란 씨는 미안한 웃음을 지으면서 이렇게 대답했다.

“전 술 잘 못 마셔요. 슈 씨가 드시고 싶으면 드세요.”

마셔야 할 것인가 마시지 말아야 할 것인가.

사쿠란 씨한테 맞추는 게 좋을 것도 같지만 가볍게 마시면 이 긴장이 다소 풀릴 것 같은 생각도 든다. 술을 좋아하기도 하고, 조금이라면 그렇게 취하지도 않으리라. 이런 자리에서는 흐트러지지 않을 정도의 기세가 중요할 것이다.

“그럼 한 잔만 마시겠습니다. 샴페인을 글라스로 주시겠어요?”

“알겠습니다.”

이어서 사쿠란 씨는 내가 내려놓은 메뉴를 집어 들고 주문했다.

“그러면 음……. 저는 논알콜 샴페인으로 할게요.”

"알겠습니다. 샴페인과 논알콜 샴페인이요. 잠시만 기다려 주십시오."

우리의 주문을 들은 젊은 남자 점원은 고개를 숙이고 가게 안쪽으로 사라졌다.

"혹시 저한테 맞춰 주신 건가요?"

"이왕이면 같은 게 좋잖아요. 알코올은 안 들어 있지만."

"그, 그렇습니까……."

그 대답과 행동에 어쩐지 기뻐진다.

"아참." 사쿠란 씨가 가슴 앞에서 양쪽 손바닥을 딱 마주치면서 말한다.

"아까 슈 씨 엄청 멋졌어요. 역시 선생님은 다르다 싶더라고요. 그 익숙한 태도."

"아, 그래요? 선생님이긴 한데 저는 고등학교에서……."

나도 모르게 고백해 버렸다.

하지만 굳이 숨길 일도 아니리라.

"아, 고등학교세요? 전 초등학교 때 학교 선생님을 좋아했어요. 아주 다정한 선생님이셨거든요……. 어딘지 슈 씨하고 분위기가 비슷했어요——."

수줍은 듯 뺨을 붉히는 사쿠란 씨를 보고 스스로 자각할 정도로 심장이 빨리 뛰기 시작한다.

이거 역시 통하는 거지?

이렇게 생각하는 나 자신을 침착하라고 타이르기라도

하듯이 "하하…… 그래요? 초등학생이면 그럴 수 있죠" 하고 대충 얼버무린다.

그러자 사쿠란 씨가 놀랐다는 듯이 눈을 동그랗게 뜬다.

"'초등학생이면'이라니, 고등학교에서는 안 그래요? 학생한테 고백받는다든가……."

"그런 거 없어요. 학생들한테 무시나 당하죠."

"슈 씨, 인기 많을 것 같은데."

"그렇지 않아요."

고백은커녕 학생한테 동정이니 어쩌니 놀림당하는 신세인데, 인기는 무슨.

"인기로 치면 사쿠란 씨야말로……."

"하하하, 그렇지 않아요. 알바로 일하는 곳에도 여자들뿐이고 여대 출신이라 만날 기회도 없었는걸요……. 슈 씨가 다니시는 학교에는 젊은 미혼의 여선생님 없어요?"

"아, 있기야 있지만 연애 상대는 아니라고나 할까……. 연애 상대가 없어서 TWINS를 시작한 거라고나 할까……. 하하하."

동료 중에 미녀 선생님은 있는데 그 선생님이 사쿠란 씨하고 조금 닮았고…… 참고로 나하고 친한 동료 선생님이 그 선생님을 좋아한다는 이야기는 좀 아닌 것 같아서 웃음으로 얼버무렸다.

"그러면 슈 씨는 어떤 사람을 좋아하세요?"

"네?"

순간 시간이 멎은 기분이었다.

어쩐다? 상당히 중요한 질문 같은데. 이 이후에 영향을 미칠 가능성이 크다.

'사쿠란 씨 같은 사람이라고 대답해야 하나?'

주변의 오타쿠들은 꽤 어른스러운 여성을 좋아했다.

문학소녀나 과묵한 미소녀 같은.

하지만 나는 그렇지 않다.

그런 여자들하고는 대화가 잘 통할 것 같다는 생각이 안 들었다.

먼저 나에게 말을 걸어주는 여성. 내 상대가 되어 주고 자신감을 안겨 주는 여성이 좋고, 그래서 그런 여성과 사귀는 데까지는 성공했지만, 금방 헤어지고 말았다.

그런 이유도 있어서 연애를 무서워하게 되었으니, 그것이 나에게 연애에 대한 트라우마이리라.

그러나 그런 건 다른 여성 앞에서 할 이야기가 못 된다.

"아…… 뭐랄까, 편하게 대화할 수 있는 여성……이랄까요."

애매할지도 모르지만 내가 할 수 있는 최선의 대답이었다.

어이없다는 반응이어도 어쩔 수 없다고 생각했지만, 사쿠란 씨는 "저는 어때요? 편하게 대화할 수 있는 여성인가요?" 하고 한층 더 파고들었다.

"아, 그, 그렇네요. 아주……."

"후훗, 다행이다♡"

기쁜 듯이 빙그레 웃는 사쿠란 씨. 대화의 캐치볼은 성공……일까? 사쿠란 씨 덕분에 살았다.

"참고로 전 다정한 사람이 좋아요. 아까 슈 씨, 점수 많이 따셨어요♡"

"아, 하하하……."

그런 말을 들으니 쑥스럽지만 기쁘다.

"저도 이런 생활을 계속하다가는 만남도 없을 거라고 생각해서 TWINS를 시작한 거예요. 주위에도 그걸 통해서 연인이 생긴 사람이 있거든요……."

"하하, 저도 비슷합니다."

그때 샴페인이 나와서 연애 이야기는 일단락되었다.

"건배할까요?"

"네."

우리는 각자 앞에 놓인 글라스를 들었다.

""건배.""

쨍, 하고 글라스와 글라스가 부딪친다.

이러고 있으니까 진짜 어른들의 연애 같네, 하는 생각이 든다.

그러나 그 뒤로 시작된 영화 감상 교환은 마치 학생 동아리 같은 기분이었다── 이야기로 꽃을 피우고 요리도 맛있어서, 나는 사쿠란 씨와 즐겁게 보낼 수 있었다.

7

"정말 맛있었습니다."

"슈 씨가 그렇게 말씀해 주시니 기뻐요. 식당을 지정했는데 입에 맞지 않으면 미안하잖아요."

식당에서 나온 후에는 나란히 역으로 걸어갔다.

"아참. 잘 먹었어요."

"뭘요. 제가 대접해 드리고 싶어서 산 건데요."

나는 사전에 공부한 매칭 앱 공략 사이트에 나온 대로 식대를 계산했다.

진짠지 아닌지는 몰라도 남자가 계산해야 다음으로 이어질 가능성이 있다고 나와 있었기 때문이다.

게다가 아무리 아르바이트한다고 해도 사쿠란 씨는 여대를 갓 졸업한 신분이다. 보육 교사를 꿈꾸는 알바생 같은 위치다.

사회인이자 공무원인 내가 내는 게 당연하리라.

처음에는 사쿠란 씨가 반을 내겠다고 했지만, 나는 천엔만 받고 식사는 내가 사는 걸로 했다.

왜 천 엔인가 하면, 영화 풋값에서 영화관에서 얻어먹은 음료숫값을 제외한 금액이다.

‘첫 데이트는 이 정도에서 마무리인가.’

끝이 다가오고 있다.

현재까지는 느낌도 좋고, 학생들도 아는 사람도 마주치지 않았다. 아무 문제도 없는 첫 데이트다.

참고로 말하자면, 만일 데이트의 다음 순서를 제의받으면 어떻게 할지 미리 생각도 해 보고 조사도 해 놓았다.

그러나 나의 목적은 원나잇이 아니다.

이건 결혼 상대를 찾는 과정이다. 첫 번째 데이트에서 너무 서두르면 안 되리라.

세 번째 데이트쯤 되어야 다음 순서로 넘어갈 때라고 매칭 앱 공략 사이트에도 나와 있었고, 스승인 하카마다도 그렇게 말했다.

‘게다가 사쿠란 씨를 상대로 진도를 나가는 건 아직 리스크도 있고…….’

옆에서 걷고 있는 사쿠란 씨의 얼굴을 본다.

나에게는 과분할 정도로 귀엽고 정말 좋은 여성이지만 역시 10대로밖에 보이지 않는다.

하카마다의 약혼 상대도 그렇고 타인을 겉모습으로 판단하면 안 되지만, 아무래도 유일하게 그 점이 걸렸다.

“전 지하철이라 여기서 실례할게요. 오늘은 즐거웠어요. 괜찮으시면 또 만날 수 있을까요?”

“아, 그게…….”

"안 돼요?"

눈을 뚫어지게 쳐다본다.

"그런 건 아닌데…… 저도 즐거웠고……."

즐거웠고말고.

그건 사실이지만 역시 어려 보이는 외모가 신경 쓰인다.

"?"

내 뜨뜻미지근한 반응 탓일까.

조금 복잡한 표정을 짓는 사쿠란 씨였지만, "다행이에요. 오늘 데이트, 전 무척 즐거웠거든요♡" 하고 이내 환한 표정이 된다.

으악, 역시 귀여워!

"그럼 조만간 또 봬요. 오늘 얻어먹은 보답도 해야 하니까요. 아참."

그러더니 나에게 스마트폰을 내밀었다.

"괜찮으시면 LINE 교환하실래요?"

"아……."

"앱은 슈 씨가 요금을 내야 하잖아요. 개인정보라 신경 쓰이세요?"

그런 문제가 있다는 건 스승인 하카마다에게 들어 알고 있었다.

개인정보 문제로 교환을 주저하는 여성도 있고, 예민한 사람은 따로 매칭 앱 전용 폰을 개통하기도 한다.

그러고도 몇 번 데이트한 후에야 교환하는 것이 보통이라고.

그런데 첫 번째 데이트부터 제안이 올 줄은——.

"아, 아니요, 그런 게 아니라……."

여러모로 당황스럽기는 하지만 고마운 제안이다. LINE 등록명도 "슈"로 해 놓아서 특별히 문제는 없다.

에라 모르겠다.

"그럼 교환할까요?"

사쿠란 씨가 띄운 QR코드를 읽어서 등록.

이름은 "사쿠라❀"였다.

역시 본명이 사쿠라인 모양이다.

"오늘은 정말 고마웠어요."

꾸벅 머리를 숙이는 사쿠란 씨.

예의도 바르지.

"그럼 또 연락할게요♡"

그 말을 남기고 떠난다.

그 뒷모습이 보이지 않을 때까지 나는 가만히 쳐다보면서 생각했다.

역시 사쿠란 씨는 귀여워.

또 만나고 싶어, 라고.

× × ×

'아, 정말 괜찮은 여자였어.'

이래저래 고민하는 나에게 한 방 먹이기라도 하는 것처럼 LINE 교환까지 제안한 것이다.

퍽 좋은 인상을 받은 데이트였던 것이 분명하다.

안심은 되지만 역시 마음에 걸리는 건 단 한 가지.

정말 스물세 살이 맞을까? 하는 것이다.

아무리 봐도 10대로밖에 보이지 않는다.

──하지만.

만일 사쿠란 씨가 현재 열일곱, 열여덟의 여고생이라고 치자.

3년 뒤에는 스물이나 스물한 살이고, 현재 스물여섯인 나는 스물아홉이나 서른.

어쨌거나 9살 연하다.

나이 차이는 다소 나지만, 사귄 지 3년째에 프러포즈하고 그녀의 대학 졸업과 동시에 호적에 올리면 딱 좋을 것 같다는 생각이 드는 것도 사실이다.

주위에도 대학 졸업 후 바로 호적을 합치는 케이스가 몇 있었다.

만일 대학에 다니지 않고 고졸로 취직한다면 지금의 나와 같은 사회인 3년 차.

단기 대학을 나온다면 취직 1년 차가 된다.

결혼하기에는 좋은 나이이리라.

남자로서도 서른에 결혼한다면 그리 나쁘지 않다.

요즘 시대에 오히려 이른 편일지도 모른다.

그리고 몇 년 뒤에 첫째, 그 몇 년 뒤에 둘째가 태어나도 정년이 되기 전에 대학에 보낼 수 있다.

'——내가 지금 무슨 생각을 하는 거야…….'

아무리 뭐래도 지나치게 앞서간 생각이고, 나이를 속였다면 무슨 사연이 있는 게 분명하다. 교사라는 직업상 이런 사고는 반드시 피해야 한다.

애초에 나이를 속인 게 아니라 하더라도 여고생으로 보이는 상대를 좋아하는 건, 역시 고등학교 교사로서 문제 아닐까?

하지만 만일 사쿠란 씨와 다음에 데이트할 기회가 생긴다면——.

'……음, 그때는 그때 가서 생각하지, 뭐…….'

일어나지도 않은 일을 고민해 봐야 소용없다.

'아무튼 사쿠란 씨는 참 귀여웠어…….'

생각만 해도 실실 웃음이 나온다.

그런 여성과 데이트를 한 것만으로도 매칭 앱을 시작한 보람이 있다.

그것만으로도 오늘은 기분이 좋고, 하카마다에게도 고맙다.

　이렇게 여자 생각을 한 것 그리고 사랑 비슷한 감정을 느낀 것은 정말 오래간만이다.

　그 자체가 즐겁고 흡족한 가운데 집에 도착했다.

　귀가 전까지가 소풍처럼 들뜬 기분이었다면 이것으로 데이트는 완전히 종료다.

　그런 생각을 하면서 열쇠를 철컥 돌렸을 때였다.

　"누구~게♪"

　목소리가 들려오는 것과 동시에 느닷없이 시야가 캄캄해졌다.

　이어서 눈 주위도 차가워진다.

　'뭐야 이거…….'

　왜? 어째서?

　누가 내 눈을 손으로 가리고 있다.

　궁금했지만 그것보다 더 궁금한 것은 귀에 들어온 목소리다.

　내 눈을 가리고 있을 상대방의 목소리.

　그것은 바로 전까지 마주하고 있었던 그녀의 목소리──.

　"사쿠라 씨?!"

　"아, 사쿠라라고 불렀다. 정답♡"

　즐거운 목소리에 이어서 떨어져 가는 두 손. 뒤를 돌아보자 "에헤헷~" 하고 미소 짓는 사쿠란 씨, 곧 사쿠라 씨의 모습이 보였다.

“아니…… 사쿠라 씨가 왜 여기에……?”

“물론 뒤를 쫓아왔으니까 그렇죠?”

으흐흥♪ 하고 사쿠라 씨는 자랑스러운 미소를 지으면서 말했다.

“말하자면 스토킹이에요! 저 탐정에 재능이 있나 봐요!”

“탐정이라니…… 아까 본 영화도 아니고……. 잠깐, 그런데 왜 남의 집 문을 함부로 열려고 그러시는지…….”

“그야 집을 구경하기 위해서죠. 슈 씨의 집으로 돌격! 뭐 그런. 저 VJ에 재능이 있는 것 같아요!”

“아, 그런 취재는 매니저를 통하지 않으면…….”

“쌤한테 그런 게 어디 있어요? 그럼 실례합니다♡”

“저기…….”

‘쌤’이라는 단어에 동요한 직후의 일이었다.

집에 들어오지 못하도록 열린 문과 현관 사이를 가로막고 선 내 겨드랑이 아래를 사쿠란 씨가 몸을 숙이고 스르르 빠져나갔다.

“됐다…….”

고개를 돌려 집 안을 보니 사쿠란 씨가 신발을 벗고 거실로 올라서려는 참이었다.

“야호, 작전 성공!”

“작전이라니…….”

신이 나서 폴짝폴짝 뛰는 사쿠라 씨. 그 모습도 모습이지만, 데이트하던 사쿠란 씨와 전혀 다르다. 전혀 다른 사람으로 보이기까지 한다.

대체 어떻게 된 거지?

'혹시 여동생……인가?'

하지만 사쿠라 씨는 여동생이 없다고 했는데.

게다가 "쌤"이라니 대체 이게 무슨…….

혼란스러워하는 내 팔을 향해 사쿠라 씨가 손을 뻗는다.

"스포는 아무도 듣지 않는 곳에서 해야죠? 그러니까 들어오세요. 어서요♡"

이곳은 내 집인데 팔이 휙 잡아당겨져서 마치 사쿠라 씨의 집 안으로 끌려 들어가는 것처럼 내 집 안으로 끌려 들어갔다.

아무래도 내 데이트는 아직 끝나지 않은 모양이다.

『이 세상은 전부 무대다. 남자도 여자도 모두 배우에 불과하다.』
　　　　　　　　　　　　　　　　　　　-셰익스피어

1

　매칭 앱으로 연결되어 한 번 직접 만난 게 다지만 사쿠란 씨, 아니 사쿠라 씨가 집에 오는 전개를 상상하지 않은 것은 아니다. 데이트가 결정되고 며칠간 이런 전개를 망상(시뮬레이션)을 몇 번이나 했다.

　하지만 이 전개는 그 망상과도 상당히 다르다. 대체 일이 어떻게 흘러가고 있는지 전혀 알 수 없었다. 내 집에 들어가는데 사쿠라 씨가 눈을 가리지를 않나, 나보다 먼저 집에 들어가지를 않나.

　'이게 무슨 상황이지?'

　의문과 불안이 뒤섞여 혼란스러운 가운데, 어느새 사쿠라 씨는 멋대로 복도 안쪽—— 이 아파트 원룸의 방이자 생활 공간으로 이어지는 문을 열려 하고 있었다.

　"그러면 집 좀 구경하겠습니다."

　"잠깐!"

　허둥지둥 신발을 벗고 말리려고 했지만 이미 늦었다.

문은 열리고 말았다.

들키면 곤란한 물건은 없을 터.

만일을 대비해서 치워 놓길 잘했다고 속으로 생각한다.

사쿠라 씨가 방을 휙 둘러보고 이렇게 말했다.

"야한 책 같은 게 굴러다닐 줄 알았는데 깨끗하네요. 침대 밑에도 없고."

"그런 곳까지는 보지 않아도……."

내가 방으로 들어가자, 바닥에 깔린 카펫 위에 무릎을 꿇고 침대 밑을 들여다보고 있었다. 내 쪽을 향한 엉덩이. 팬티가 보일 것만 같아서 심장이 두근대지만, 사쿠라 씨는 곧 일어나더니 나를 향해 장난스러운 미소를 짓는다.

"아, 혹시 슈 씨, 저를 집에 데리고 오는 걸 기대하고 미리 치운 거예요?"

"아, 아니에요……."

"앗, 그 반응……. 당황하는 걸 보니, 맞죠? 그럼 서비스해 드릴까요?"

"네?!"

사쿠라 씨가 가까이 오는가 싶더니 갑자기 눈앞이 아찔했다.

팔을 잡혀 잡아당겨진 탓이다.

"우, 우와앗?!"

한 걸음 두 걸음, 사쿠라 씨 쪽으로 당겨지다가——.

“이얍!”

“우와앗?!”

붕 날더니 충격이 왔다.

그 충격에 사쿠라 씨와 함께 침대 위에 쓰러졌다는 것을 깨달았다.

“아니…… 이게 무슨 짓…… 어……?”

눈앞에 있는 사쿠라 씨의 얼굴.

생글생글 웃고 있다.

“아, 표정 좋아요.”

찰칵.

“응?”

당황스러운 외중에 들린 셔터 소리. 눈앞에 있는 사쿠라 씨가 스마트폰을 한 손에 들고 내장 카메라를 들이대고 있다.

“됐다! 이걸로 집에 끌려와서 당했다는 기성사실 사진 확보! 보세요, 잘 찍혔죠?”

나를 밀쳐내다시피 해서 몸을 일으키더니, 신이 나서 스마트폰 화면을 보여주는 사쿠라 씨.

마치 내가 사쿠라 씨를 강제로 쓰러뜨린 듯이 보이는 사진이었다.

즉 사쿠라 씨는 이것을 노리고 나를 침대 위로 끌고 와서 쓰러뜨린 것이다.

"이게 무슨 짓이야?! 돈이야?! 돈 때문이야?!"

그런 생각밖에 들지 않아서 나는 버럭 소리를 질렀다.

"돈 주시게요? 100만 엔 어때요? 현금으로!"

"100만엔 같은 소리하네! 그런 돈이 어디 있어! 그만한 돈을 누가 현금으로 갖고 다니냐고!"

"흥~, 그 정도 저금도 없어요? 헛수고했네."

"지금 저금이 문제야?"

ATM에서도 하루에 20만 엔까지만 뽑을 수 있다.

더 뽑으려면 창구에서 서류를 작성해야 한다.

그게 중요한 게 아니고——.

"알겠어요. 그럼…… 오늘 밤 재워 줘요♡"

"그건 또 무슨……."

그러다 문득 생각이 들었다. 이것이 그녀의 진짜 목적일지도 모른다고.

'즉 소위 말하는 가출 소녀인가?'

그렇다면 역시 사쿠라 씨는 나이 사칭——.

하는 말이나 태도를 보고 그렇게 추측한 대로다.

"쌤이 재워 주지 않으면 이 사진 학교에 뿌릴 거예요♡"

"아, 그건……. 뭐라고, 학교?"

"앗……!!"

아차 하는 표정을 짓는 사쿠라 씨.

이 기회를 놓칠 수는 없다.

"즉 사쿠라 씨는 내가 어디에서 일하는지 알고 있는 거죠?
그런 얘기는 한 적이 없는데……."

"아, 그게 그러니까……."

사쿠라 씨가 난처한 표정으로 시선을 피한다.

'저 태도는 역시…….'

어쩐지 잘 풀린다 싶더라니.

나는 단지 그녀에게 이용당한——아니면 함정에 빠진
모양이다.

현실로 돌아온 나는 사쿠라 씨를 노려보면서 더 강하게
몰아붙인다.

"처음부터 나에 대해서 다 알고 접근한 거야? 우리 학교
졸업생이야? 아니면 몇 반——."

"하하하, 하하하하하!"

"뭐, 뭐야……."

배를 잡고 깔깔거리는 사쿠라 씨를 보고 나는 어리둥절
해졌다.

"졸업생이냐니, 몇 반이냐니! 하하하하! 쌤, 너무 웃겨요……
하하하!"

"왜 웃는 거야!"

"아직도 눈치 못 채셨잖아요. 아 배 아파. 잠깐만요——."

눈가의 눈물을 닦고서 스마트폰을 만지기 시작하는 사
쿠라 씨. 곧 나를 향해 스마트폰을 내민다.

“자, 여기요.”

“이건…….”

사쿠라 씨가 내민 스마트폰에 있는 것은 흑발의 양 갈래 머리—— 안경을 낀 우리 반 학생의 모습.

“……아야세?”

“네. 츠키시마 고등학교 2학년 B반 출석 번호 2번. 아야세 사쿠라. 저예요.”

“뭐?!”

눈앞의 사쿠라 씨와 스마트폰에 있는 아야세를 번갈아 쳐다본다.

얼굴은…… 확실히 닮았다.

사쿠라와 아야세.

그러고 보니 이름이 똑같다.

단, 분위기는 전혀 다르다.

화면 속의 아야세는 청초하고 성실한 우등생 느낌인데 조금 전까지의 사쿠라 씨는 밝고 사랑스럽고 나름 놀 것 같은 여자였다.

말투도 전혀 다르고, 머리카락 색깔도——.

나는 그제야 퍼뜩 어떤 생각이 들었다.

“언니가 여동생을 사칭해서 놀면 못써요…….”

“아니라니까요! 전 외동딸이라고요.”

“앗.”

눈앞에서 믿을 수 없는 일이 일어났다. 사쿠라 씨가 양손으로 머리를 만지자, 갈색의 풍성한 머리카락이 스르륵 미끄러져 떨어졌다.

안에서 나온 것은 검은 머리카락.

"맞죠? 이거 가발이에요. 이걸 이렇게——."

바닥에 깔린 양탄자에 앉아 책가방을 뒤지는 사쿠라 씨.

안에서 끈을 꺼내어 머리를 땋기 시작한다.

"이제 됐다."

머리를 양쪽으로 땋아 내리자, 내가 아는 아야세의 머리 모양이 되었다.

이어서 책가방에서 나오는 안경 케이스.

거기에 들어 있던 안경을 꺼내서 쓰자…….

"자, 완성♡"

"하……."

내 학생, 아야세 사쿠라가 거기에 있었다.

2

"저기…… 선생님? 제 변장 어땠어요? 선생님 취향일 것 같아서 키라라자카 선생님하고 비슷한 분위기를 내 봤는데……."

그 분위기는 물론 동작도 말투도 아까까지와 다르다.

내가 아는 아야세가 눈앞에 있다.

"……."

이 세상은 전부 무대다. 남자도 여자도 모두 배우에 불과하다.

그런 셰익스피어의 말이 있다.

그렇지만 아무리 그래도 너무 배우 아닌가?

"놀랐어요? 선생님이 전혀 눈치를 못 채서 도리어 제가 놀랐다고요. 하지만 그 이유는 알았어요. 왜냐하면——."

표정이 싹 바뀐다.

아야세가 씩 웃으면서 말했다.

"쌤, 부끄러워서 그런지 제 눈을 거의 못 쳐다봤으니까요♡"

정답이었다.

쑥스럽고 부끄러워서 눈을 맞출 수 없었다.

"제가 너무 귀여워서 심장이 떨려서 그랬죠? 쌤, 그런 거죠?"

질문을 던지면서 슬금슬금 다가오는 아야세.

"가까이 오지 마."

나를 놀리는 아야세. 교실에서 보는 것과 같은 자세지만 말투며 태도가 전혀 달라서 뇌가 오작동을 일으킬 것 같다.

"평소에 보던 아야세는 대체 누구야……?"

"엥? 둘 다 진짜 저죠. 사실 전 다중인격자거든요!"

“뭐?”

“뭘 그렇게 놀라요? 당연히 농담이죠. 아, 그렇지. 혹시 모르니까 이 표정도 찍어 둬야지.”

“야⋯⋯!”

아야세가 스마트폰을 들이대고 다시 가까이 다가오자, 심장이 쿵쾅거린다.

아야세가 진지한 표정으로 스마트폰을 들이대고 말한다.

“자, 치즈.”

“치즈는 뭐가 치즈야.”

당황해서 스마트폰을 빼앗았다.

“앗, 폰 돌려줘요!”

내가 팔을 뻗어서 스마트폰을 높이 들자 폴짝폴짝 뛰면서 되찾으려는 아야세.

점프할 때마다 위아래로 흔들리는 양 갈래머리가 왠지 강아지의 귀 같아서 귀여웠다.

“이상한 짓 하지 않겠다고 약속하면 돌려주지.”

“사진은 이상한 거 아니잖아요⋯⋯.”

낚아채듯이 스마트폰을 가져가는 아야세.

“——대체 무슨 생각으로 이런 짓을 한 거야? 어디 들어 보자.”

“에이~, 뭐예요, 갑자기 선생님처럼 굴고. 아까까지만 해도 나 총각이오, 하는 태도였으면서. 사쿠란의 모습으로 돌아가면 쌤에서 슈 씨로 돌아갈 거예요? 그럼 돌아갈 거예요."

"됐고, 이유나 말해."

"그냥 집에 가기 싫어서요……."

시선을 피하면서 대답하는 아야세.

"내가 미성년자약취유인으로 범죄자가 된다고."

"미성년자약취…… 잠깐만요."

이렇게 말하고 스마트폰을 만지기 시작한다.

'미성년자약취'를 검색하는 모양이다.

"약취란 폭행, 협박 그 외 강제적 수단을 써서 상대방을 그 의사에 반해 종전의 생활 환경으로부터 이탈시켜 자기 또는 제삼자의 지배하에 두는 것."

다 읽더니 이렇게 말한다.

"뭐야. 쌤, 폭행도 협박도 한 적 없고 강제적 수단도 안 썼으니까, 오케이잖아요. 애초에 유인한 것도 아니었고."

"그런 문제가 아니야."

그야 내가 유인한 건 아니다.

그러나 현대문을 가르치는 교사 입장에서 적당히 말할 수는 없는 노릇이다.

"언제부터 이런 짓을 했지?"

"고등학교에 입학하고부터요."

"이유는?"

"저희는 모자 가정인데, 엄마는 일이 바빠서 입학 전까
지는 거의 할머니 집에서 지냈어요. 그런데 할머니도 작년
에 돌아가셨어요. 그 뒤로 엄마랑 같이 살게 됐는데, 엄마
가 집에 자꾸 남자들을 데리고 오잖아요. 모르는 남자랑
같은 집에 있기 싫다고요."

"그래서 집에 가기 싫다는 거야?"

"네."

아야세는 고개를 끄덕거리면서 말을 잇는다.

"하지만 계속 친구들 집에서 잘 수도 없잖아요. 그래서
매칭 앱에서 친구를 찾기 시작한 거죠."

"매칭 앱에서 친구라니……."

"앗. 남자한테 돈을 뜯는다거나 그런 건 아니에요. 동성
친구를 찾는 앱도 있고, 지금까지 잔 곳도 전부 여자 집이
에요."

"그럼 왜 TWINS에서 날 찾은 거지?"

TWINS는 목적 자체가 결혼 상대 찾기다. 동성의 연인
이라면 몰라도 친구를 찾는 용도로는 쓰지 않는다.

"애초에 미성년이 쓸 수 있는 앱이 아니잖아. 본인 확인
은 어떻게 했어?"

"방법은 여러 가지인데……. 연상의 친구한테 대가를 주
고 부탁할 수도 있고."

"불법적인 수단이었다는 거군……."

얼버무리듯이 대답하는 아야세.

이젠 뭐가 진짠지 모르겠지만 교사로서—— 그 이전에 어른으로서 주의를 주는 것은 당연한 일이다.

“당장 앱 지워.”

“헉, 저더러 길바닥에서 자라는 거예요? 아니면 길에서 남자를 줍거나 토요코에 가서 돈을 벌라는 거예요? 그것도 아니면 집에 가서 엄마랑 모르는 남자가 뒹구는 목소리를 들으면서 자라는 거예요?!”

“그런 말이 아니잖아.”

“그러면 제가 원할 때 이 집에 재워 주세요. 쌤을 고른 것도, 여기라면 안전할 것 같아서였어요. 나쁜 짓을 할 사람이 아니란 건 알고 있으니까.”

그러더니 갑자기 생각난 듯 말했다.

“아, 쌤이 동정이라서 그렇다거나 그런 뜻은 아니에요. 그건 둘째 문제고…….”

“이 녀석이…….”

여고생이 동정이니 어쩌니 하는 말을 하면 못쓴다고 말하려는데, 아야세가 내 말을 끊고 이어서 말한다.

“전에도 비슷한 이야기를 레나치하고 한 적 있잖아요.”

“레나치?”

“우자키 말이에요.”

그 말을 듣고 기억났다.

새 학기 첫날, 교과서를 가지러 갔다가 돌아오는 복도에서 있었던 일이다.

"그때 매칭 앱 이야기가 나와서 혹시 쌤도 시작하셨을까 싶어서 찾아본 것도 있고, 게다가 1학년 종업식 날 저녁에요. 이 근처 역 앞 카페에서 시간을 보내고 있었는데, 마감 시간이라고 해서 쫓겨났거든요……. 그때 쌤을 봤어요."

"종업식 날……?"

그 말에 생각나는 것이 있었다.

학교 선생님들끼리 술을 마시고, 잔뜩 취한 카토 선생님과 함께 귀가하던 중이었다.

"학원에서 나오던 여자애한테 어떤 불량스러운 젊은 남자가 치근덕대고 있었는데, 쌤이 그 여자애를 구해 줬잖아요."

분명 젊은 남자한테 걸린 고등학생 정도의 여자가 있었는데, 우리 학교 학생인지 아닌지는 몰라도 너무 싫어하길래 "거기 뭐 하는 거야?"라고 소리쳤었다.

"걔, 저랑 같이 노는 친구였어요. 그 남자가 너무 끈덕지게 굴길래 도와주려고 했는데, 쌤이 나서길래……. 걔, 쌤한테 엄청나게 고마워했어요. 진짜 좋은 사람이라고."

"그, 그래……?"

그런 말을 들었던 것 같다.

"거기다 쌤, 걔가 쌤 연락처도 물어보고 보답으로 데이트도 해주겠다고 했는데, 학교 이름만 알려줬다면서요?

진짜 성실해~."

놀리는 투로 말하면서 옆구리를 쿡 찌르는 아야세.

"교사니까 당연하지. 다른 학교라도 학생은 학생이니까."

거절한 이유도 그것이었다.

어떻게 데이트를 할 수 있겠는가.

게다가 아무리 잔뜩 취했어도 카토 선생님까지 같이 있었다. 아마 고주망태가 돼서 기억 못 하겠지만.

"쌤은 꼭 학생 상대가 아니어도 성실하지만요~. 데이트도 엄——청 성실했고."

"하아……."

아야세에게 그런 말을 들으니 대꾸할 말이 없다.

그렇지만.

"너도 학생이잖아."

"하지만 그렇게 생각하지 않았잖아요?"

"그렇게 생각하고 싶었지……. 꽤 어려 보이기도 했고, 그렇게 지적하기도 했잖아."

"아무튼! 성실한 건 나쁜 게 아니지만, 연애가 하고 싶으면 그러면 안 돼요! 잔뜩 긴장해서 어색한 티를 팍팍 내니까 미덥지 않기도 하고, 원래 인기 없는 남자라고 믿게 되잖아요. 점수로 말하면, 음…… 먼저 영화 보러 가자고 한 것에 점수를 줘서 30점쯤?"

"긴장한 게 아니라, 사진과 달리 너무 어린 사람이 나와서 당황한 거야.”
“후후, 프로필보다 귀여워서 심쿵했죠?”
“그런 게 아니라니까……!”
“흥, 그런 건 데이트 전에 나눈 대화는 관계없잖아요? 데이트 중의 걸음걸이나 복장도 딱딱하고, 쌤이 쓴 메시지도 문장이 너무 딱딱해요. ‘쌤, 매칭 앱 진짜 서툴구나’ 하고 생각했을 정도라고요. 저 만나기 전에 누구 데이트해 본 여자 있어요?”
“…….”
가슴 아픈 질문이었다.
이어서 아야세는 씩 웃으면서 이렇게 말했다.
“혹시 저하고는 잘 될 줄 알았어요? 그건 제가 그렇게 리드한 거니까 착각하지 마세요!”
“…….”
“그래도 나쁜 것만 있었던 건 아니에요.”
“그래?! 어디가?!”
나를 미행해서 몰래 숨어 있던 아야세.
거기에 조그만 빛이 비쳤다.
“……쌤, 너무 덥석 무시네요.”
“크윽…….”
그만큼 의기소침한 것이다.
그건 이해해 주면 좋겠다.

“그렇게 인기남이 되고 싶으면 제가 괜찮은 남자가 되는
방법을 알려드리죠♡ 그 대신 오늘은 여기서 재워 주세요,
제발요!”

가슴 앞에서 두 손을 모으는 아야세.

괜찮은 남자가 되는 방법을 알 수 있다면 고마운 일이지
만…….

“그런데 왜 가르치는 투지? 연애에 그렇게 자신 있어?”

“왜냐하면 사쿠란으로 꾸미고 다니면 남자들이 종종 꼬
시는걸요. 여자라서 여자가 어떤 남자를 좋아하는지도 잘
알고, 매칭 앱에서도「좋아요!」엄청 받아요.”

“그러면 남자친구는? 사귄 적 있어?”

“에잇, 그건 상관없잖아요! 프라이버시 캐묻지 마세요! 그
래서 어쩔래요? 쌤, 제안 받아들이실래요? 아니면 거절?”

“안 받아들이겠다면?”

“아까 그 사진 반 채팅방에다 뿌릴 거예요. 아는 사람한
테 받았다고 하고.”

나는 한숨을 푹 내쉬었다.

그것만큼은 안 된다.

“……알았어. 그럼, 오늘만이야. 그 대신——.”

“만세! 그러면 이제 저하고 쌤은 비밀 관계예요! 드디어
엄마가 남자를 데리고 왔을 때 잘 곳이 생겼다!”

“오늘만이라니까? 그 대신 사진은 꼭 지워라.”

“일단 집부터 체크해 볼까!”

내 말은 전혀 들리지 않는 모양이다.

아야세는 집 안을 한 바퀴 둘러보고 다녔다.

“음~. 괜찮아 보이네요. 욕실과 화장실도 깨끗하고 쓰레기 분리수거도 잘 되어 있고……. 쓰레기봉투를 부엌 바닥에 두는 건 감정 요소지만, 감점은 그것밖에 없어요.”

바닥에 둔 것은 다 먹은 컵라면 용기며 편의점 도시락 용기가 들어 있는 것, 페트병이 들어 있는 것——그리고 그 밖의 쓰레기가 들어 있는 것 이렇게 세 개다.

분리수거는 철저하게 해 놓았지만 제대로 살림하고 있지 않다는 것이 고스란히 드러난다.

“배수구 근처에 이상한 냄새도 안 나고, 생활 환경은 나쁘지 않아 보여요. 80점 정도 될 듯.”

아야세는 다시 생활 공간으로 돌아와 소파에 앉았다.

미래에 여자친구와 나란히 앉아 영화라도 볼까, 하고 이 집으로 이사 와서 산 소파다.

‘그걸 제자가 제일 먼저 앉게 될 줄이야…….’

쓴웃음밖에 안 나오는 노릇이었다.

“저기요.”

소파 위에 다리를 꼬고 앉은 아야세가 안경 너머로 나를 노려보면서 말한다.

“여자가 집에 왔는데 아무것도 대접 안 할 거예요? 저

목이 좀 마르는데.”

“참나, 네가 무슨 공주냐?”

“학생인데요? 게다가 모든 여자는 대접받고 싶은 공주라고요. 꽃미남이 아닌 이상, 사랑을 얻는 데는 그런 노력이 중요해요. 그리고 멋대로 남의 집 냉장고를 뒤질 수는 없잖아요.”

“새삼스럽게 무슨…….”

그러나 아야세의 말은 일리가 있을지도 모른다.

일단은 지도받는 입장이고 이것도 여심을 사로잡는 공부라는 생각도 들어서 차를 준비했다. 냉장고에 들어 있는 우롱차 페트병. 그대로 내놓으면 틀림없이 뭐라고 떠들 것이다. 그래서.

“자.”

아야세의 눈앞에 있는 낮은 테이블 위에 차가 담긴 컵을 놓았다. 페트병에서 유리컵에 차를 따르고 얼음도 넣었다.

아야세가 그것을 들어서 빙글빙글 돌리면서 말했다.

“우롱차? 컵도 예쁘고, 얼음이 들어 있는 건 포인트가 높군요. 칭찬해 드리겠어요.”

아주 공주님 납셨네.

여왕님이나 시어머니 같기도 하다.

며느리를 구박할 것 같은 이미지의.

“차에다 밥이나 말아 먹었으면 좋겠네…….”

“그런 거 없어.”

차에 어울리는 반찬은 물론 집에서 간식을 먹는 타입도 아니라 집에는 흔한 과자조차 없다.

“우~, 뭐야 뭐야. 저를 데려오는 데 성공했으면 뭘 내놓을 셈이었어요?”

“그 경우에는…… 도중에 뭐라도 사 왔겠지.”

아무 생각도 없었다.

당황해서 변명한다.

그러자 아야세가 음흉하게 웃으면서 이렇게 말했다.

“그럼 같이 사러 갈래요? 이 집엔 그것도 없을 것 같은데. 혹시 준비해 놓았나?”

“그거라니?”

“뻔하잖아요, 콘·돔♡”

“허……?”

아야세는 오케이 사인을 보내는 것처럼 손으로 동그라미를 만들고서 말했다.

콘돔이라면, 그…… 콘돔?

“너 지금 무슨 말을…….”

“하하하, 그거요. 쌤, 얼굴 새빨간데요. 귀여워──. 쌤인데 성교육이 부족한 거 아니에요?”

“──윽. 어른을 놀리다니…….”

참고로 집에 있다. 대학 시절에 술자리에서 남자 학우한테 받은 것이 선반 위에 있는 소품 상자 서랍에 고이 보관되어 있다.

그러나 선생이 학생을 상대로 그런 말을 할 수는 없으므로 잠자코 있기로 했다.

"오늘은 다시 나가기 싫으니까, 그걸로 만족해. 배고프면 컵라면 있으니까 그거 먹어. 그리고 난 슬슬 자고 싶은데……."

"벌써요? 아직 쌤하고 아무것도 한 게 없고, 저 책장에 잔뜩 있는 만화 중에 아직 안 읽은 것도 많아서 다 보고 싶단 말이에요."

벌떡 일어나서 책장으로 향하는 아야세.

그 모습을 바라보면서 이렇게 말한다.

"내일부터는 학교도 있어. 아직 10시가 조금 넘은 시각이지만 어제 별로 못 잤거든."

"아하~. 즉 데이트 때문에 설레어서 못 잤다는 거죠? 저 때문에 못 잤다 그거죠?"

놀리듯이 말하면서 이번에는 소파에 앉아 있는 내 옆에 착 달라붙는다. 나는 도망치듯 일어난다.

"……윽~, 알았어요, 알았어요. 바로 자면 되잖아요."

"진짜 자고 갈 셈이구나……."

"새삼스럽게? 당연하잖아요? 조금씩이긴 해도 벌써 이것저것 지도하기 시작했고, 게다가 이런 시간에 여자를 혼자 집으로 돌려보낼 셈이에요? 그게 더 위험하지 않아요? 그 행동은 빵점이에요, 틀림없이 빵점!"

"그 경우는 데려다주든가 택시로……."

"그건 40점 정도는 되지만 애초에 낙제점이에요. 그런 배려는 필요 없어요."

마음에 들지 않는다는 듯이 입술을 삐죽거리더니 곧바로 생긋 웃는다.

"그러니까 우선은 목욕해야겠어요. 샤워실 좀 빌릴게요♡"

3

쏴아아아아…… 하고 샤워 소리가 들린다.

내 집 샤워인데 어딘가 평소와 다른 소리로 들리는 것은 샤워 헤드에서 나오는 물이 아야세의 젊고 탄력 있는 피부 위에서 튀기고 있기 때문일까.

이 집에서 이성이 샤워하는 소리를 듣는 것은 물론 처음이다.

'남자가 자고 갔을 때는 그렇지 않았는데 왜 이렇게 심장이 쿵쾅대는 거지? 난 선생이고 샤워하는 사람은 제자라고…….'

나 자신을 타이르듯이 마음속으로 중얼거리고 작게 심호흡했다.

그러나 뇌리를 스치는 것은 데이트가 결정된 뒤 직전까지 최고의 전개로 망상했던 사쿠란 씨, 사쿠란 씨의 나체——.

'안 돼, 정신 차려⋯⋯!'

일단 진정하기 위해 모바일 게임의 일일 퀘스트를 깨자. 이다음엔 할 틈조차 없을 것 같으니.

"여자는 내버려 두고 그 앞에서 게임이나 하다니 빵점! 있을 수 없는 일이에요!" 하고 아야세가 잔소리하는 장면이 벌써 상상된다. 그쯤은 나도 안다.

무엇보다도 평소 하던 대로 하다 보면 심란한 마음도 진정될 것이다.

그리하여 게임을 시작. 그대로 10분, 15분 시간이 흘러, 이미 샤워 소리는 들리지 않지만 아야세가 욕실 밖으로 나오지 않는다.

'⋯⋯여자는 목욕 시간이 길다더니 진짜구나⋯⋯. 아니, 혹시 현기증이라도 일으킨 거 아니야⋯⋯?'

보호자(?)로서 상태를 확인하러 가야 할까⋯⋯하고 걱정되기 시작했을 때.

쾅! 소리를 내면서 문이 벌컥 열렸다.

"감점!"

집 안에 쩌렁쩌렁 울리는 목소리.

동시에 아야세가 방으로 들어온다.

"뭐가 또⋯⋯!"

"기다리고 있는데도 상태를 확인하러 안 오잖아요. 이게 만화나 애니메이션이고 욕실에서 꺄아아악……! 하는 러브코미디 전개를 기대했던 독자가 있었다면 화를 냈을 거예요! 미안하지도 않아요? 그건 약속이잖아요!"

"약속이라니, 너——."

흑발 모드로 머리를 내려뜨리고 와이셔츠를 걸친 아야세를 보고 나는 침을 꿀꺽 삼켰다. 게다가 앞 단추를 전부 풀어 헤쳐서 브라가 훤히 들여다보인다.

"야, 그거 내 와이셔츠잖아."

왜 함부로 남의 옷을 입고 있는 걸까? 내 상식으로는 도무지 이해할 수 없다.

"왜 그거 있잖아요. 여자가 남자의 셔츠를 입고 자는 그런 거."

아야세가 몸을 빙글, 돌린다.

셔츠 자락이 마치 플리츠 스커트처럼 펄럭거렸다.

"어때요? 귀엽죠?"

"그게 문제냐. 여고생이 할 만한 차림이 아니잖아……."

그 대답을 들은 아야세가 기쁜 듯이 생긋 웃으면서 말한다.

"어? 학생은 여자로 보지 않는다면서요? 설마 의식해요?"

놀리듯이 말하면서 다가오는 아야세. 셔츠 아래로 브라가 다 비쳐 보인다.

"의식이고 나발이고, 교사로서 상식적으로 하는 말이잖아!"

나는 두 손을 뻗어 못 오게 막으면서 대답했다.

"아무튼 자기 몸을 소중히 해야지."

"음~. ……소중히 하니까 여기 있는 거잖아요……."

토라진 듯이 말하고 뺨을 뾰로통하게 부풀린다.

"갈아입을 옷 없어? 그럼 다른 거 빌려줄게."

"됐어요. 전 잘 때 얇게 입는단 말이에요."

그러면 내가 눈 둘 곳이 없다.

어떻게 할까, 생각하다가 말했다.

"그럼 침대에 들어가. 난 목욕할 테니까."

"엇, 침대요?! 좋죠! 야호~♡"

일단 레이디 퍼스트다. 게다가 바닥에서 재우는 것은 말할 것도 없고, 소파에서 자래도 아야세는 투덜거릴 것이다.

빵점을 맞을 게 분명하다.

"와~♡"

침대에 다이빙하는 아야세. 그 모습을 보고 고개를 절레절레 흔들며 한숨을 내뱉은 뒤, "쌤, 다녀오세요~!"라는 목소리를 등으로 들으면서 나는 욕실로 향했다.

× × ×

욕실에서 나와 수건으로 머리와 몸을 닦은 뒤.

스마트폰을 봤더니 하카마다로부터 메시지가 와 있었다.

나한테 매칭 앱을 가르쳐 준 하카마다다.

매칭 앱에서 운명의 여성을 만나서 결혼하는 그 하카마다 말이다.

어때?

결혼 활동 잘 돼 가?

잘 되기는커녕 아주 성가시게 꼬여버렸다. 물론 이 상황은 설명도 상담도 할 수 없다.

잘 해결된 다음에는 좋은 이야깃거리가 될지도 모르지만, 지금은 스스로 해결할 수밖에 없다. 그래서 답장하지 않고 잠옷으로 갈아입고서 탈의실에서 나왔다.

'이미 잠들었으면 마음이 편할 텐데……'

그런 생각을 하면서 욕실에서 나왔는데 문 너머 방에 불이 꺼져 있는 것을 발견했다. 그러나 완전히 꺼진 것은 아니다. 희미한 오렌지색 불빛이 틈새로 흘러나오고 있다.

아야세는 잘 때 간접조명을 켜 놓는 타입일까?

이미 잠들었을 거라고 기대하면서 문을 열었다. 그런데.

"헉……?"

침대 위에 누워 있는 새끼 고양이처럼 몸을 동그랗게 말고 섹시한 미소를 짓고 있는 아야세의 모습이 눈에 들어왔다.

"쌤, 기다렸어요♡"

너무 놀라서 말도 안 나오는 나에게 나긋나긋한 목소리를 던지는 아야세.

걸친 것이라고는 물론 아까 그 셔츠뿐.

브라와 속옷까지 다 보인다.

"빨리 이리 오세요♡"

그렇게 말하고 나를 향해 뻗은 다섯 손가락을 새끼손가락부터 접기 시작한다.

누가 봐도 도발하는 여성.

음탕한 포즈다.

심장이 조금 쿵쾅거렸지만 나는 애써 냉정하게 묻는다.

"무, 무슨 짓이야?"

"남편을 유혹하는 어린 와이프 같은?"

"——쯧. 이 녀석, 도대체 무슨 생각을 하는 거야!"

손을 뻗어 스위치를 딸깍딸깍 변환시켜 방의 조명을 모조리 켰다.

그러자 아야세가 불만스럽게 뺨을 부풀린다.

"흥, 기껏 분위기 냈더니! 쌤이 침대에서 기다리라면서요. 그래서 준비하고 기다린 건데……!"

"자라고 했잖아."

"어, 잠든 여자를 덮치는 게 취향? 혹시 쌤, 그런 취향이에요?"

“덮치긴 누굴 덮쳐! 안 그럴 걸 아니까 너도 여기 있는 거 아니야?”

“……하지만 여자랑 같은 이불에서 자면서 아무것도 안 하는 남자도 좀 이상한 것 같은데…….”

“난 이 소파에서 잘 거야.”

“엥.”

나는 옷장을 열었다.

거기에서 친구가 자러 왔을 때 쓰려고 보관해 둔 낡은 이불과 베개를 꺼냈다.

“베개는 지금 쓰는 걸 쓸 거니까 넌 이걸 써.”

“그, 그게 뭐예요!”

내가 던진 베개를 받으면서 목청을 높이는 아야세.

“뭐고 자시고, 침대는 양보했다. 이거 큰 점수지?”

“점수는 개뿔! 이 바보!”

“뭣!”

내가 왜 이런 꼴을 당해야 한단 말인가.

평소 베는 베개가 날아와 내 얼굴에 명중했다.

× × ×

“그럼 잔다.”

토라진 듯 나에게 등을 돌리고 누운 아야세를 향해서 말한다.

대답이 없다.

나는 방 불을 끄고 소파 위에 드러누웠다.

'빨리 잠들자……'

그러는 편이 마음이 편할 줄 알았는데.

"저기요, 쌤."

얼마 지나지 않아서 또 아야세가 말을 걸었다.

"꼭 수학여행 같지 않아요? 우리 연애 이야기할래요? 쌤의 과거 여성편력 같은 거 듣고 싶은데. 아마 없겠지만."

"수학여행 기분은 아까 베개를 던진 걸로 만족해라."

"흥~ 시시해."

"잠이나 자. 내일부터 학교 가야 하니까."

"……뭔가 선생님 같네요."

"같은 게 아니라 선생님이다."

"우~. ……연애에서는 내가 선생님인데. 그래서 여자랑 같이 잘 때 어떻게 하면 되는지 가르쳐 주려고 했는데."

"만난 첫날부터 같은 이불에서 자는 게 어떤가 하는 정도는 나도 알아."

"하지만 저랑 쌤은 만난 첫날이 아니잖아요."

"선생하고 학생이면 처음이고 나발이고 더 안 되지."

이 상황도 상당히 안 되는 거지만.

"그럼 사쿠란의 모습이 되면요?"

"그래도 넌 너야. 이제 잔다. 말 걸지 마. 앞으로 너한테 무슨 일이 있더라도 다시는 안 재워 준다."

"치이……. 알았어요. 안녕히 주무세요."

어젯밤은 긴장 탓에 잠을 설쳤다. 그래서 이런 말도 안 되는 상황에서도 눈만 감으면 금방 잠들 줄 알았는데…….

'전혀 잠이 안 와…….'

이러다가는 내일 하루 종일 힘들 텐데. 내일은 야근까지 해야 하는데 이러다가 도중에 쓰러질지도 모른다.

'대체 왜 이렇게 된 건지…….'

아니 어떤 의미에서는 망상 속에서 펼치던 가장 좋은 전개이긴 하지만, 어쩌다 이렇게 됐는지.

"…………."

얼마쯤 지나자, 아야세의 고른 숨소리가 들렸다.

깊이 잠든 모양이다.

그녀의 말로 추측하건대 남의 집에서 자는 데에도 익숙해진 것이리라.

'이성의 집이라도 마찬가지인가?'

아니면 나를 진짜로 신뢰하고 있는 건가, 남자라고 생각하지 않는 건가, 선생이라는 입장을 지켜 주는 것인가.

어쨌거나 긴장한 내가 바보처럼 느껴진다.

애초에 이성이라고 긴장하는 것도 이상한 이야기다.

상대는 학생이고, 이미 잠들어 있다.

그렇게 생각하자 이윽고 긴장도 풀려서——.

나도 곧 잠들 수 있었다.

『분별을 망각하지 않는 사랑은 애초에 사랑이 아니다.』

-토머스 하디

1

"······슈 씨, 일어나세요······."

——아침.

귓전에 들리는 목소리.

나를 어둠 속에서 빛의 세계로 불러내는 목소리다.

"······슈 씨, 일어나세요······."

그 목소리의 주인은 나를 알고 있다.

내가 매칭 앱에서 만난 여성 사쿠란 씨.

——가 아니라.

"쌤, 일어나시라니까요."

그 목소리는 내가 담임으로 있는 반의 출석 번호 2번——

아야세 사쿠라.

나이를 속이고 매칭 앱에 등록. '사쿠란'이라는 이름으로

가발까지 쓰고 키라라자카 선생님처럼 변장하고서 나에게

접근했다.

그 결과 나는 '사쿠란' 씨가 아야세인 줄도 모르고 데이

트했다.

내가 '사쿠란' 씨가 아야세라는 걸 안 것은 데이트가 끝난 다음.

아야세가 나를 몰래 따라와서 집까지 쳐들어오더니, 기성사실이라는 이름의 사진을 촬영. 그것을 가지고 협박해서 오늘 밤 재워 달라고 부탁한 뒤의 일이다.

여차저차 해서 반강제로 딱 하룻밤만 아야세에게 숙박을 허락하게 되었다.

그리하여 내 침대에서 자게 된 아야세.

물론 아무 일도 없었다.

교사로서 당연한 일이다.

나는 침대 옆 소파에서 잠들었다…… 그런데.

'벌써 아침인가……?'

커튼 틈으로 들어오는 햇살을 보고 이해한다── 그와 동시에 몸에 부드러운 온기가 닿아 있는 것을 느꼈다.

이어서 귓전에서 속삭이는 목소리. "쌤…… 안 일어나면 키스할 거예요. 그래도 안 일어나면 더 엄청난 일이 벌어질 거예요♡"

등줄기에 소름이 돋는다.

후…… 하고 귓가에 숨결이 와서 닿았기 때문이다.

"으아아아아아아아아악?!"

나는 몸을 벌떡 일으키고 좌우를 둘러본다.

"무, 무슨 짓이야——! ……어……?"

소파 위에는 나 한 명.

방 안에도 나 한 명이다.

침대도 비어 있다.

'꿈, 이었나……?'

시간은 여전히 아침.

커튼 틈으로 햇살이 비치고 있다.

'대체 어디서부터가 꿈이지? 혹시 어제 일도 꿈이었나?'

혹시 지금부터 사쿠란 씨와의 데이트가 시작되는—— 그런 일은 물론 없었다. 머리맡에 두었던 스마트폰을 확인하자 오늘은 일요일이 아니라 월요일.

게다가 '사쿠라❀'—— 아야세로부터 LINE 메시지가 와 있었다.

깨우려고 했는데

안 일어나셔서

먼저 가요!

학교에서 봬요!

이어서 올라온 판다처럼 귀여운 마스코트가 잘 부탁한

다고 머리를 숙이고 있는 스탬프.

"맙소사……."

허…… 하고 작게 탄식한다.

'꿈을 꿔도 왜 그딴 꿈을…….'

그러나 기억에 희미하게 남아 있는 아야세의 목소리.

『……슈 씨, 일어나세요…….』

『……쌤, 일어나시라니까요…….』

어디서부터 어디까지가 꿈이었을까?

수면 부족 탓인지 경계가 모호하다.

결론은 나지 않고, 기억은 애매모호한 채였다.

2

출근해서 교무실로 들어간다.

골든위크가 끝난 직후이나, 현재로서는 특별히 바뀐 것 없는 모습이었다.

다른 점이 있다면 기념 선물과 어디에 다녀왔다는 대화가 오갈 뿐—— 그것은 즉 아야세와의 데이트를 누구에게도 들키지 않았다는 뜻이다.

데이트나 그 이후의 일을 아야세가 말하고 다니지는 않은 것 같다.

학교란 소문이 빠른 법.

만일 소문이 조금이라도 새어 나가면 내가 교무실에 들어가는 것과 동시에 교사들이 쑥덕거리기 시작하거나, 엄한 여교감이 안경을 빛내면서 나를 호출할 것이 틀림없다.

그러나 불안이 아예 없는 것은 아니다.

아야세가 나쁜 아이가 아니라는 것은 알지만, 무슨 짓을 할지 모르는 위험이 있는 것은 확실하기 때문이다.

'이대로 아무 일도 없어야 할 텐데…….'

그렇게 기도하면서 자리에 앉은 이후에는 출근한 카토 선생님, 키라라자카 선생님과 평소처럼 잡담을 나눴다.

어제 카토 선생님은 고문으로 있는 축구부 연습 시합에서 대승을 거두었다고 한다.

체육계 동아리는 주말은 물론이고 공휴일이나 연휴도 반납해야 하는 경우가 많아서 정말 힘들 것 같다.

그야말로 연애할 시간도 없으리라.

'키라라자카 선생님한테 홀딱 반해 있지만…….'

그 키라라자카 선생님처럼 꾸몄다고 했던 만큼 아야세의 변장은 확실히 비슷했다고 되짚어 생각하고 있는데, 키라라자카 선생님이 말을 걸었다.

"무슨 일 있으세요?"

멍하니 있었나 보다.

"아, 그게……."

어떻게 설명해야 좋을까 머뭇거리고 있는데, 새로운 주

의 시작을 맞이한 학교에 울려 퍼지는 예비 종에 위기를 모면했다. 나는 다른 선생님들과 함께 교무실을 나와서 내가 담임을 맡고 있는 2-B반 교실로 향한다.

아침 HR과 1교시 현대 국어 수업을 위해 교단에 서기 위해서다.

하필 오늘 아침 첫 번째 수업이 담임을 맡은 반.

교무실에서도 아무 일도 없었으니, 교실에서도 아무 일도 없겠지, 하고 다소 긴장하면서 교실 문을 열었다.

월요일이라 그런지 어수선한 분위기의 교실.

그러나 내가 들어가자, 순간 쥐 죽은 듯이 조용해졌다.

이것도 평소대로이긴 하다.

출석도 평소대로 전원 출석이다.

아야세도 있다.

나는 아야세를 흘끔 쳐다보았다.

어제 데이트도 하고 집에 쳐들어오기도 했던 아야세와는 전혀 다른 사람으로밖에 보이지 않는 양 갈래머리에 안경을 낀 청초한 문학소녀 아야세.

동시에 뇌리를 스친 것은 침대에 누워 나를 유혹하는 포즈를 취하는 아야세의 모습——.

'내가 지금 무슨 생각을 하는 거야……?'

눈을 질끈 감고 집중, 집중, 하며 속으로 되뇐다.

이 이상 이상한 생각을 하면 안 된다.

‘좋아…….’

마음이 진정되자 나는 눈을 뜨고 그 기세로 HR과 1교시 수업을 끝까지, 아마 평소대로 마칠 수 있었다……그런데.

× × ×

“하아…… 피곤해…….”

교무실로 돌아와 자리에 앉은 나는 나도 모르게 한숨을 쉬면서 그런 말을 내뱉었다. 아야세의 일도 있고 해서 긴장했는지도 모른다.

수업은 평소대로 했다고 생각하고 싶지만, 평소보다 더 지쳐 버렸다. 그래서 머리를 푹 수그린 자세로 살짝 눈을 감고 잠깐 쉰 뒤.

나는 평소 쉬는 시간에 하는 것처럼 책상을 열고 스마트폰을 꺼내 들었다.

우리 학교의 경우, 교직원은 특별한 이유가 없으면 수업 중에 스마트폰을 가지고 들어갈 수 없다. 그래서 이렇게 책상 안에 넣어 놓고 수업에 들어간다.

그래서 수업이 끝나면 그동안 무슨 알림이 왔는지 확인하려고 쉬는 시간에 교무실에서 스마트폰을 보는 교원이 많다.

내게는 LINE 메시지가 한 통 와 있었다.

상대는—— 아야세였다.

쌤, 좋은 아침☆
저 의식하는 거 아니죠?
가끔 쳐다보던데.

이어서 음흉하게 웃는 개 스탬프가 붙었다.

나는 그런 메시지와 스탬프를 보자 얼굴이 경직되고 말았다.

아야세의 태도가 신경 쓰여서 몇 번인가 시선을 향했던 것은 사실이다.

그래도 평소처럼 수업하려고 노력했고, 실제로도 그랬다고 생각하지만, 아야세에게는 안 통했던 모양이다.

그건 그렇고, 아야세는 대체 언제 이런 메시지를 보낸 걸까?

보낸 시간을 확인하니 수업 도중.

물론 학생도 수업 중에 스마트폰 사용은 엄격히 금지되어 있다.

눈을 빛내며 감시하고 있지만, 온갖 수단을 동원해서 학생들이 스마트폰을 사용하고 있다는 것은 알고 있다.

하지만 아무리 그래도 교사인 나에게 대놓고 메시지를 보내다니——.

‘너무 의식해서 도리어 보고 있지 않을 때를 노린 건가?’

아무튼 교사로서 꾸중해야 할 일이다.

그렇게 마음먹고 있을 때.

“뭐 보세요?”

“흐억!”

옆에서 키라라자카 선생님이 들여다보는 바람에 당황해서 스마트폰을 손에서 놓아 버렸다. 떨어뜨릴 뻔한 것을 황급히 공중에서 잡아서 등 뒤로 숨기면서 말한다.

“아, 그게, 친구한테서 LINE이 와서…….”

“……정말요?”

내 대답을 들은 키라라자카 선생님은 그렇게 보이지 않았다는 듯이 의심스러운 시선을 보낸다. 그러더니 곧 음흉한 미소를 짓는다.

“혹시 여자친구하고 대화 중?”

“아, 아니에요!”

“후훗, 죄송해요. 놀려서. 농담이에요. 여기 차 드세요.”

“고맙습니다.”

키라라자카 선생님은 1교시 수업이 없었나 보다.

그럴 때는 이렇게 차를 내주신다.

참고로 카토 선생님은 교무실에 없다. 월요일에는 1, 2교시 연속으로 체육 실기 수업이라 교정에 남아 있는 것이리라.

월요일부터 기운 넘치는 사람이다.

키라라자카 선생님이 저쪽으로 가고, 혼자가 된 나는 다시 스마트폰을 잡고 아야세에게 메시지를 보냈다.

수업 중에 LINE 하지 마!

분노 마크의 교사 스탬프도 붙였다.

그리고 다시 찻잔에 손을 대는데 아야세로부터 금방 답장이 왔다.

죄송해요.

이어서 "데헷♡" 하고 양손의 손가락을 뺨에 댄 전혀 죄송해 보이지 않는 소녀 스탬프가 송신되어 왔다. 다음 메시지와 함께,

다음부터 잘할게요.
쌤도 수업 힘내세요!

이어서 "파이팅!" 하고 양손에 주먹을 쥐고 의욕을 내는 소녀의 스탬프가 도착했다.

'난 2교시 수업이 없는데…….'

쓴웃음만 나온다. 하지만 뭔가 이런 싱거운 대화를 나누는 것은 학생 커플 같다는 생각이 들기도 한다——.

'하지만 현실은 교사와 학생이지…….'

어떤 의미에서 연인이 생겼을 때를 대비한 예행연습은 되겠지만.

정말 어떻게 하면 좋을지 머리를 싸매고 있는데 예비 종이 울렸다.

2교시 수업이 있는 키라라자카 선생님 등이 교무실을 나갔다.

남은 것은 나를 포함해서 수업이 없는 선생님들 몇 명뿐.

수업이 없는 빈 시간.

그러나 물론 할 일이 없는 것은 아니다.

오후 수업에서 쓸 쪽지 시험도 인쇄해야 하고, 다가오는 중간고사의 내용 결정, 오늘 회의에서 읽을 보고서 작성 등, 교사는 할 일이 많다.

게다가 오늘은 담임을 맡은 교직원 전원이 참가하는 직원회의에서 결정된 친목회라는 명목의 교직원 전원 참가 회식이 저녁부터 밤까지 예정되어 있다.

그 때문에 방과 후에는 시간이 없어서, 오늘 또 빈 시간이 없는 나는 내일 아침 첫 수업 준비도 지금 해 놓아야 한다.

참고로 점심을 2교시 때 미리 먹는 것도 할 일 중 하나다.

교사의 점심시간은 쉬는 시간이 아니라, 학교 내를 순찰

하거나 학생들의 상담을 들어주는 시간이다.

게다가 나는 사서 교사의 일도 해야 한다.

사서 교사란 학교 도서관 관련 업무를 하는 교원이다.

대학 시절에 나는 사서 자격증을 땄다.

그래서 사서 교사를 일반 교사가 겸임하는 경우도 많은 이 학교에서는 내가 도서관을 담당하고 있다.

그 대신 동아리 고문은 맡지 않아도 되지만, 사서 교사도 쉬운 일은 아니다…….

아무튼 이 학교의 사서 교사는 나 한 사람—— 도서위원 학생들도 도와주지만 입고되는 책이나 기부받은 책의 승인과 체크는 전부 내 일이다.

시험지 인쇄와 오늘 회의에서 읽을 자료 작성이 끝나고, 배달된 도시락을 먹고 나자, 점심시간이 되었다.

나는 돌아오는 선생님들과 교대하듯이 교무실에서 도서관으로 향했다.

× × ×

막 시작된 점심시간.

고요한 도서관에서 홀로 사서 교사의 업무를 시작했다.

그로부터 10분도 지나지 않았을 때.

드르륵 소리와 함께 도서관 문이 열렸다.

'웬 손님이 이렇게 일찍 오셨나.'

도서관에서는 식사를 못 하게 되어 있어서 점심시간이 되자마자 오는 학생이 별로 없기 때문에 드문 사례다. 누군지 궁금해서 힐끔 시선을 돌린다.

그러자 거기에 있는 것은 안경에 양 갈래머리를 한 문학 소녀——.

'——……!'

나는 굳어 버린다.

왜냐하면 그 소녀가 아야세였기 때문이다.

아야세가 대출 카운터 안에 있는 내 쪽으로 다가와서 "야호~, 쌤☆" 하고 활짝 펼친 한쪽 손을 좌우로 흔들면서 인사했다.

나는 벌레 씹은 표정으로 묻는다.

"점심은 어쩌고?"

"괜찮아요♪ 오늘은 점심 건너뛸 거거든요. 어제 쌤한테 맛있는 것도 잔뜩 얻어먹었으니까☆"

나는 어이가 없어서 한숨이 나온다.

"학교에서는 그런 얘기 하지 말라니까. 거기다 교복 차림에 안경에 양 갈래머리로 그렇게 말하면 위화감이 든다고……."

그녀가 평소 생활하는 학교인 탓도 있으리라. 게다가 자기가 비밀 관계니 어쩌니 해 놓고 대체 뭐야, 하고 생각하고 있는데 아야세가 내 등 뒤로 돌아와서 말한다.

"뭐 어때요, 아무도 없는데. 누가 보면 그냥 꽁냥꽁냥 했다고 해요."

"──야!"

나도 모르게 소리 지른 것은 의자에 앉아 있는 내 등 뒤에서 아야세가 내 목에 양팔을 둘렀기 때문이다. 좋은 냄새가 나고, 가슴도 닿았다.

"쌤. 오늘 방과 후에 시간 있어요?"

뺨이 닿을 듯한 거리에서 아야세가 묻는다.

"그만두지 못해……! 누가 보면 어쩌려고…….."

"시간 있냐고요. 시간 없어요?"

나는 하아…… 하고 다시 한숨을 내쉬고서 대답한다.

"오늘은 방과 후에 직원회의가 있고, 그 뒤에도 밤늦게까지 일정이 있어. 시간 없어."

"혹시 데이트? 누구랑 매칭됐어요?"

"그런 거랑은 전혀 상관없는 일이야."

친목회에 대해서는 학생에게 말할 수 없다.

그것이 교직원끼리의 암묵적인 규칙이다.

"흥~……. 또 지도해 주려고 했는데…….."

시시하다는 듯이 입술을 삐죽거리면서 나한테서 떨어지는 아야세.

겨우 떨어져 주어서 한숨 놓는다.

“나 참……. 교사가 한가한 줄 아냐? 수업이 끝나도 일이 산더미라고. 평일에 시간을 만드는 게 쉬운 일이 아니야.”

“네네, 알겠어요~. 그래서 만날 기회가 없으니까, 매칭 앱도 시작한 거잖아요~. 알죠, 알죠. 사쿠란은 다 안답니다~.”

바로 옆에 있는 의자에 털썩 앉아서 도발적인 미소를 짓는 아야세.

지금 모습으로 그런 태도는 너무나도 위화감이 든다.

거기다 아직 아야세를 “사쿠란 씨”라고 생각했던 보냈던 메시지 내용을 들먹이다니——완전히 가지고 놀고 있다.

감히 놀렸다 이거지.

그렇다면 복수해 주지.

“……아참. LINE으로도 보냈지만, 수업 중에 메시지 보내지 마. 교칙을 어긴 거잖아.”

“흥~, 그거요? 그건 쌤이 저를 쳐다보니까 그렇죠…….”

“당연히 신경 쓰이니까 그렇지…….”

“엥, 저 신경 쓰여요? 뭐야~, 어머! 부끄러워!”

의자를 회전시키면서 어깨를 퍽 때린다.

“……무슨 짓을 할지 몰라서 신경 쓰인다는 뜻이야.”

“걱정 마세요. 쌤을 곤란하게 하는 짓은 절대로 안 하니까♡”

진짜일지 의심하고 있는데 아야세가 의자 바퀴를 굴려서 평범하게 말해도 숨결이 느껴질 만큼 가까이 내 귓가에 얼굴을 들이밀고 말한다.

"평일이 안 되면 주말은 어때요? 제대로 지도해 드릴게요♡"

아까부터 말하는 지도란 '매칭 앱에서 인기를 얻는 방법'이리라. 그걸 가르쳐 준다는 것은 정말 고마운 일이지만……

그때 문이 드르륵 열리더니 학생들이 도서관으로 들어왔다.

우리는 황급히 떨어졌다.

"사람이 왔네. 쌤, 잘 생각해 보세요!"

의자에서 일어나 도서관을 나가는 아야세. 그 이후로는 아무 일 없이 점심시간도, 오후 수업도 끝나고—— 방과후 직원회의, 그리고 친목회 시간이 되었다.

3

"그럼 같은 학교에서 일하는 동료들끼리 오늘 실컷 즐겨봅시다!"

나중에 오는 선생님들도 몇 명 있지만, 거의 전원이 모이자, 친목회 시작 시각인 19시가 되어 교장이 건배사를 외쳤다.

"건배!"

이어서 참석자들이 입을 모아 건배를 외치면서 회식이 시작되었다.

자리는 정해져 있어서 같은 학년 담임끼리 같은 테이블이었다. 내가 맡은 2-B 이외의 다른 2학년 반 담임들은 전부 40대의 베테랑 남교사다.

그런 만큼 긴장도 되고 조심스러워진다. 나는 회식이 시작되고 얼마 동안은 두 명의 선배의 대화에 맞장구만 쳤다.

하지만 차차 술이 들어가자, 긴장도 풀어지기 시작했다.

선배들도 어려운 일이 있으면 뭐든 의논하라고 말해 주었다.

'고마운 말이지만…….'

참고로 이 친목회 전에 있었던 직원회의에서는 새 학기가 시작되고 한 달 남짓—— 골든위크도 끝나고 새로 담임을 맡은 반에서 예상치 못한 문제가 발생하지 않았는지 하는 것이 주요 의제였다.

현재로서 우리 반을 포함해서 특별히 문제는 일어나지 않은 모양이라 직원회의 자체는 금방 끝났지만, 나와 한 학생 사이에는 조금 문제가 있는데——.

'이 두 사람한테 아야세에 대해서 살짝 상담해 볼까…….'

물론 그런 이야기는 직원회의에서는 할 수 없었고, 여기서 상담한다 해도 조심해서 말하지 않으면 이상하게 해석될 수 있다.

어떤 식으로 상담할지 고민한 결과, 나는 에둘러 말을 꺼냈다.

"저기, 상담하고 싶은 게 한 가지 있는데…… 학생들과의 거리감이 고민입니다."

"거리감이요?" A반 요시다 선생님이 묻는다.

"네. 담임이니까 전보다 더 친밀하게 지내야 할 것 같은데, 어디까지, 그러니까…… 학생과 친하게 지내면 좋을지 선을 모르겠어요. 친구가 아니니까……."

"무슨 말씀이세요, 키자키 선생님. 전 친구처럼 지내는걸요, 학생들이랑!"

껄껄 웃으면서 다가온 것은 카토 선생이다. 손에 맥주잔을 들고 있다. 얼굴이 이미 벌건 것을 보니 꽤 마시기도 했고 취하기도 한 모양이다.

참고로 카토 선생의 경우는 정말 그렇다고 볼 수도 있다. 운동부를 지도할 때는 카토 선생이 학생들을 친구처럼 대하는 것을 나는 몇 번이나 목격했다.

"가능하면 친구처럼 지내고 싶다는 말이죠?"

카토 선생님에 이어서 그 말을 복창하듯이 나타난 것은 교장 선생님이었다. 카토 선생님하고는 다르게 손에 들고 있는 것은 소주잔이었다.

자리를 바꾸는 타임인가 보다.

"그건 바람직하지만, 거리가 너무 가까워지면 연애 감정이 생기니까 조심해야 해요. 특히——.”

그러고는 바로 옆에 있던 키라라자카 선생님을 보면서 말했다.

“키라라자카 선생님은 아름답고 여성적인 매력도 넘치니까요. 학생들한테 고백도 많이 받을걸요.”

“교장 선생님, 그거 성희롱이에요.”

교감 선생님이 안경을 번쩍이면서 한마디 했다.

동시에 남교사 일동이 흠칫했다.

여성적인 매력이라는 말에 교사들의 시선이 키라라자카 선생의 풍만한 가슴과 커다란 엉덩이로 쏠렸기 때문이다.

물론 나도 다르지 않다.

“아, 이거 미안합니다. 한 소리 들었네요. 엄격한 시대가 되었어요.”

교장이 얼버무리듯이 웃으면서 머리카락이 없는 자기 머리를 때리면서 말했다.

“거리감을 잘못 판단하면 문제가 생기기도 하니까 조심하세요. 다양성의 사회에는 다양한 사랑의 형태가 있고 ‘분별을 망각하지 않는 사랑은 애초에 사랑이 아니다’라는 격언도 있지요. 그렇지만 학생과의 연애는 금지되어 있으니까요. 하하하.”

그런 말을 남기고 가 버리는 교장. 어쩐지 나에게 압박이 가해지는 기분이 들어서 괴로워진다.

동시에 다른 의미에서 압박을 느낀 선생님도 있었던 모양이다.

"아, 저 그게…… 키라라자카 선생님!"

"왜 그러세요, 카토 선생님?"

"아, 그러니까, 키라라자카 선생님은 학생한테…… 고백받은 적 있으세요?!"

시뻘게진 눈으로 필사적으로 응시하면서 묻는 카토 선생님. 좀 무섭다. 반면 키라라자카 선생님은 어리둥절한 표정이다.

참고로 어리둥절한 것은 나도 마찬가지다.

그런 질문을 파고들어 할 줄은 몰랐다.

'카토 선생…… 괜찮은가? 너무 취한 거 아닌가?'

카토 선생님은 키라라자카 선생님에 대한 강렬한 감정을 마구 내뿜고 있다.

물론 그것을 눈치챈 것은 다른 교사들도 마찬가지라, 그 자리가 쥐 죽은 듯 조용해졌다. 그제야 카토 선생님도 그것을 깨달았는지 퍼뜩 정신을 차리고 이렇게 말했다.

"아, 그게 아니라…… 그런 일이 있으면 키라라자카 선생님은 어떻게 대처하실까 궁금해서……. 참고가 되려나 해서요. 아, 제게 그런 일은 없겠지만…… 하하하하."

식은땀을 흘리고 있다. 취기가 단숨에 가신 듯하다. 그런 카토 선생님에게 키라라자카 선생님이 빙그레 웃으면서 말했다.

"아, 그렇군요. 그럼 알려 드려야죠. 저는 보통 이렇게 대답해요."

의자에서 일어나 진지한 표정으로 카토 선생님과 마주 보는 키라라자카 선생님.

그녀가 진지한 눈빛으로 입을 연다.

"좋아한다는 고백을 듣는 건 기쁘지만, 선생님은 그런 말은 미래에 만날 소중한 사람을 위해 아껴 두어야 한다고 생각해. 졸업 후에도 마음이 바뀌지 않으면 그때 다시 말해 주렴."

그 자리가 다시 얼어붙었다. 이건 단순한 거절보다 더 잔인했다. 상대가 안 된다고 말하는 거나 다름없기 때문이다.

"――!"

카토 선생님도 충격을 받아서 얼어붙었다.

카토 선생님이 아니라 학생에게 한 말이지만.

그 말을 들은 학생이 된 기분이리라.

"이런 식이에요……♡"

원래의 키라라자카 선생님으로 돌아가 생긋 웃고 의자에 앉고 나서야 우리는 해동되었다. 카토 선생님도.

"하하하, 고, 고맙습니다. 참고가 되었습니다."

"천만에요."

여전히 웃음을 잃지 않는 키라라자카 선생님. 정말로 익숙한 대응이다. 상대를 잘 다룬다. 반면 카토 선생님은 테이블에 엎드려서 축 늘어졌다.

"저, 카토 선생님. 맥주 가져왔어요. 실컷 마시세요~."

선배 여교사가 장난스럽게 위로해 주었다.

어쨌든 지금의 대화로 카토 선생님의 키라라자카 선생 공략은 더 어려워진 것 같다. 카토 선생님한테 트라우마가 생기진 않았을까 하는 생각이 들었다.

아무튼 힘내라는 말밖에 해줄 말이 없다.

입 밖으로는 못 하고 속으로 생각할 뿐이지만——.

그 뒤 얼마쯤 있다가 내일도 학교가 있다는 이유로 회식은 1차를 끝으로 해산.

나는 그 뒤에도 선배 교사들이 권하는 술을 쭉쭉 마시다가 곤드레만드레 취한 카토 선생님을 데리고 같이 두 사람의 자택과 가까운 역을 향해 전철을 탔다.

4

역에 도착한 뒤.

카토 선생님은 내 어깨에 팔을 걸치고 매달려 있었다.

"키자키 선생님, 근처에서 한잔 더 어때요? 그 교장 선생님의 며느리가 제자였다는 이야기도 있고, 3학년 미나미 선생님이 여자 교생 느낌의 업소녀한테 홀딱 반했다는 이야기도 있고, 할 얘기가 많은데. 그러니까 우리 집 아니면 키자키 선생님 집에서. 딸꾹…….”

“내일도 출근해야죠…….”

뭔가 엄청난 이야기를 들은 것 같지만 못 들은 걸로 하자.

궁금하지만.

어젯밤은 아야세 때문에 수면 부족.

오늘도 카토 선생님 때문에 수면 부족이 되면 몸이 견뎌나지 못할 것이다.

술도 들어간 탓에 미치도록 졸리기도 했다.

“전 편의점에 들러서 물하고 내일 아침에 먹을 빵을 사 갈 건데, 카토 선생님은——.”

이렇게 물으면서 카토 선생님의 몸을 나에게서 떼어내려고 한 순간.

‘앗…….’

눈앞에 있는 카페.

유리창 너머에서 아야세의 모습을 발견했다.

학교와는 다르게 안경을 벗고 가발까지 했다. 옷도 귀여운 외출복이었다.

나도 모르게 발을 멈추는 바람에 결과적으로 카토 선생님의 팔에서 벗어날 수 있었다.

단 그 바람에 카토 선생님은 땅바닥에 넘어져 버렸다.

“아야! 뭐예요, 키자키 선생님!”

"아아, 미안합니다……."

넘어진 카토 선생님의 팔을 붙잡아 일으켜 주면서 카페 안을 다시 확인한다.

'틀림없어……. 역시 아야세야……."

테이블 위에는 마시다 만 아이스티……인가?

소형 태블릿PC를 한 손에 들고 뭔가를 읽고 있는 것처럼 보인다.

틀림없이 만화다.

"그런데 키자키 선생님, 뭐라고요? 편의점에서 술을 사서 키자키 선생님 집에서 마시자고요?"

"제가 언제 그런 말을……. 아, 서점에도 잠깐 들러야 한다는 게 생각나서요, 그럼 전 여기서 이만!"

"앗, 키자키 선생님!"

카토 선생님을 일으켜 준 뒤 나는 도망치듯이 그 자리에서 줄행랑친다. 역 쪽으로 달려가……는 척하고 기둥 뒤에 숨었다.

그 자리에서 카토 선생님의 모습을 훔쳐본다. 그러자 얼마 동안 멍하니 있더니 이내 포기한 듯 터벅터벅 편의점으로 들어갔다.

'조금 미안하지만 아마 내일이 되면 기억하지 못할 거야…….'

지금이라면 들킬 염려도 없으리라.

그러나 일단 카토 선생님의 시야에 들지 않도록 조심하면서 내달려 아야세가 있는 카페로 들어갔다.

아야세는 아까 본 모습과 변함없이 태블릿PC를 들고 뭔가를 읽고 있다.

분명 만화일 테지만 내 존재는 아직 눈치채지 못했다.

그래서 눈앞의 의자에 앉으면서 말했다.

"……이런 시간까지 뭐 하고 있어?"

그제야 눈치챈 듯하다.

고개를 들자마자 커다란 목소리로 말했다.

"앗, 쌤!"

"쉿, 너무 큰 소리 내지 마."

나는 당황해서 내 얼굴 앞에 검지를 세운다.

그리고 작은 목소리로 계속 말했다.

"아직 근처에 카토 선생님이 있어. 그러니까 조용히 해."

"웬 카토 선생님…… 아니, 쌤, 그런데 얼굴이 왜 이렇게 빨개요? 설마 내 유혹을 거절하고 카토 쌤하고 술 마신 거예요?!"

"카토 선생님이 아니라 학교 선생님들하고. 직원회의 후에 친목회가 있었어——. 앗, 이거 말하면 안 되는 거였는데."

취해서 말실수하고 말았다.

그것을 눈치챈 아야세는 고양이처럼 입꼬리를 올리고 음흉하게 웃는다.

“……흐응, 쌤들도 학생들 몰래 그런 걸 하는구나. 거기에 키라라자카 쌤도 계셨어요?”

“그야 물론 계셨지…….”

“제 유혹을 거절하고 닮은 여자가 있는 곳에 가다니. 그렇다면 그 기성사실 사진을 우리 반 채팅방에 올릴 수밖에 없겠네요.”

“왜 얘기가 그렇게 되는데……. 그리고 친목회는 다른 학생들한테는 비밀이야. 그런데——.”

나는 정신을 차리고 본론으로 들어가기로 했다.

“넌 이런 시간에 이런 곳에서 뭐 하는 거야?”

그러자 눈을 게슴츠레 뜨고 시시한 표정을 지으면서 말한다.

“흥, 뭐예요 그거. 그 쌤 같은 대사.”

“선생님이니까 선생님 같은 말을 하지. 곧 이 카페도 문 닫을 시간이야. 집에 가.”

“싫어요. 집에 가기 싫어서 여기 있었는걸요. 이유는 쌤도 아시잖아요.”

“집에 어머니가 남자를 데려오셨니?”

“네. 어제도. 하지만 안심하세요. 곧 오늘 재워 줄 친구한테서 연락이 올 거니까.”

“그거——.”

남자인지 여자인지 물으려고 했을 때다.

“아, 여대생이에요. 그러니까 쌤은 안심하셔도 돼요. 아니면 오늘도 제가 자고 갔으면 좋겠어요?”

“야…….”

그때 아야세가 지은 장난스러운 미소가 무척 매력적인 성인 여성의 느낌이라 나도 모르게 심장이 두근거렸다.

그때 아야세의 스마트폰이 알림 소리를 낸다.

“아, 카야치한테 메시지다.”

“카야치?”

“두 달 전에 알게 된, 오늘 재워 줄 대학생 친구♡예요. 카야치는 지금 다른 친구하고 술을 마시고 있다고 해서 끝날 때까지 기다렸거든요……. 흐엑.”

메시지를 읽어 내려가던 아야세가 갑자기 미간을 찌푸리고 두꺼비 같은 소리를 냈다.

“왜 그래?”

“남친이 집에 오게 돼서 오늘 못 재워 준대요……. 어쩌지……. 아 그렇지!”

나를 보고 방긋 웃는 아야세.

불길한 예감이 들었다.

아야세가 내 입술에 검지를 대고 고개를 갸우뚱하며 말했다.

“쌤, 재워 주세요♡”

귀엽게 윙크.

"……뭐?"

"어제도 재워 주셨으니까 괜찮잖아요. 닳는 것도 아닌데."

이어서 테이블에 두 손을 탁 짚고 상체를 내민다.

"안 돼요? 선생님이라? 그러면 이제부터 슈 씨라고 부를 게요. 저는 사쿠란. 아무 문제 없죠?"

"말이 되는 소리를 해라!"

"악, 폭력 교사……!"

눈앞에 있는 아야세의 머리를 손날로 내리친다.

아야세는 닳는 것도 아니지 않느냐고 했지만, 신경은 여러 의미에서 너덜너덜 소모되어 버린다.

"그리고 쌤이니 선생님이니 그런 소리 하지 말라니까. 사람들이 이상하게 보잖아. 우리를 아는 사람이 볼지도 모르고……."

"그럼……."

아야세가 숨결이 느껴질 만큼 내 귓가 가까이 입술을 대고 말한다.

"쌤 먼저 들어가세요♡ 전 조금 뒤에 쌤한테 갈 테니까♡"

"나한테라니……."

"장소는 아니까."

이렇게 말하면서 스마트폰을 들이민다.

지도가 표시되어 있는데 내 집이 있는 위치에 핀이 박혀 있었다.

이게 장소를 안다고 한 의미이리라.

"그런 게 아니라……."

"그럼 'GETER' 같은 걸로 잘 곳을 찾아야겠다. 옥상에서 잘 수는 없으니까……. 벌써 시간도 이렇게 됐는데 바로 재워 줄 것 같은 나이 많은 남자의 집이든 양아치 집이든 찾아야지. 아니면 호텔이나 PC방이라도. 위험은 감수하고……."

"GETER라니……."

"아, 쌤도 아세요?"

"써 본 적은 없어! 아니, 쓰고 있다면 지워라."

매칭 앱 공략법을 찾아보던 중에 GETER라는 이름을 본 적이 있다. 돈 많은 남자나 원나잇을 노리는 사람들도 많은 매칭 앱이다.

제자가 그걸 쓰겠다는데 내버려 둘 수는 없는 노릇이다.

"농담이에요. 그런 거 안 써요. 쌤이 절 버리시겠다면 쓸지도 모르지만."

"알았다, 알았어. 항복이다!"

그런 말까지 들으면 허락할 수밖에 없다.

"어, 쌤 집에 가도 된다는 거죠? 야호~♡"

어처구니가 없었다.

그리하여 어제에 이어 오늘도 제자가 집으로 들어오게 되었다.

5

정말이지 어쩌다 이렇게 된 걸까.

집에 돌아와 냉장고에서 물을 꺼내면서 생각한다.

"그럼 먼저 집에 가 계세요, 선생님♡ 이왕 가는 김에 지도도 해드릴게요☆"

카페에서 야아세가 한 말이다.

물론 집에 같이 들어올 수는 없다. 아는 사람한테 들키면 변명의 여지가 없다. 그때는 수습할 수 없게 된다.

괜히 말을 걸었나 싶지만, 말을 걸지 않았더라도 비슷한 상황이 되었을 것 같다는 생각이 든다.

'그런데 너무 졸리다…….'

수면 부족에 상당히 마셔서 취하기도 했다.

당장 쓰러질 것만 같다.

그렇게 되지 않으려고 물을 벌컥벌컥 마시고 있는데 초인종이 울렸다. 현관으로 가서 문을 열었다.

"쌤, 다녀왔습니다!"

손에 가방과 비닐봉지를 든 채 아야세가 와락 안긴다. 다정한 포옹이다. 동시에 온몸에 전기가 흐르는 듯한 충격을 느꼈다.

"이 녀석…… 대체 무슨 생각이야……."

"뭐예요, 그 반응은. 집에 온 여친한테는 '어서 와'라고 해야죠. 안아 주지 않는 것도 빵점이고."

뚱한 표정으로 나에게서 떨어지는 아야세.

"넌 여친이 아니잖아."

"장단을 맞출 줄 모르는 남자는 인기 없어요. 술도 좀 들어갔겠다, 장단을 더 맞춰 주시라고요."

"——맙소사."

아야세가 신발을 벗고 있는 동안 나는 문을 잠갔다.

"여기 오는 거 아무한테도 안 들켰지?"

"음~ 밖은 깜깜하니까 괜찮지 않을까요? 아무도 모를 거예요. 그럼 실례하겠습니다☆"

신발을 벗은 뒤 복도에 내려놓았던 책가방과 비닐봉지를 들고 거실로 가는 아야세. 갑자기 고개를 돌리고 비닐봉지를 보여 주면서 말한다.

"아참. 야식 사 왔어요. 물론 쌤 것도요. 숙박비 대신!"

아야세는 거실로 들어가 낮은 테이블 앞에 앉더니 책가방에서 고급 아이스크림 두 개를 꺼냈다.

하겐다즈 쿠키 & 크림 맛.

"이거 엄청 맛있어요. 녹기 전에 드세요♪"

그러면서 뚜껑을 여는 아야세. 딸린 스푼으로 아이스크림을 한 입 먹는다.

"음, 맛있어♪"

아야세는 진심으로 행복한 듯이 눈을 가늘게 뜨고 뺨에 손을 대고 있다.

친목회가 있었던 이자카야에서도 디저트로 아이스크림을 한 입 먹었지만, 그런 모습을 보면 혹하는 것도 당연하다. 이왕 사 왔으니 먹자.

술도 조금은 깰지도 모르고.

나는 아야세와 마주 앉아 아이스크림을 먹기로 했다.

"어때요? 맛있죠?"

"응, 맛있어."

괜히 하는 말이 아니라 진짜로 맛있다.

취한 몸에 차가운 아이스크림이 스며든다.

"다행이다☆ 내가 좋아하는 걸 쌤이 맛있다고 해줘서♪"

기쁜 듯이 헤헤 웃는 아야세.

그 모습을 보고 문득 예전 일이 떠올랐다.

과거에 딱 한 명 있었던 전 여친.

'이렇게 좋아하는 걸 처음 알게 되고, 좋아하는 게 늘어나고 결국 똑같아지는 것. 진짜 연인이 된 기분이야…….'

연인이 있었던 기간은 얼마 안 되지만 그런 경험이 있었던 것은 사실이다.

'──아니, 내가 지금 뭘 하는 거야…….'

지금 모습이 당시 전 여친과 조금 비슷하다고 해서 아야세에게 그것을 투영하다니. 머리를 좌우로 세차게 저어 전 여친의 잔상을 쫓아낸다.

그 모습을 보고 아야세가 의아해한다.

"엥? 쌤, 왜 그러세요? 차가운 거 먹어서 머리가 띵해요?"

"아, 뭐…… 그런 건데, 이제 괜찮아."

물론 이유를 말할 수 없어서 대충 얼버무린다.

"그보다 아까부터 자꾸 지도 어쩌고 하는데, 뭘 지도하겠다는 거야? 물론 매칭 앱에 관한 거겠지만."

나는 화제를 바꾸기로 했다.

"맞아요. 우선 쌤의 TWINS 프로필 데이터. 미묘한 부분이 많길래 더 여자들의 시선을 끄는 방법을 가르쳐 드리려고요."

"엥."

시선을 끄는 방법. 낚시 기사 제목 같은 말이지만 혹해서 나도 모르게 몸이 앞으로 나왔다.

"뭐가 미묘하다는 거야?"

"음, 너무 많은데…… 거의 다?"

완전부정이었다.

"일단은 음……. 사진부터 어떻게 해야 할지 자세히 가르쳐 주고 싶은데……. 그 전에 목욕부터 해야겠어요. 집 안에서 이 차림은 너무 답답해서 편한 옷으로 갈아입고 싶거든요."

아야세가 아이스크림을 다 먹고 일어선다.

"갈아입을 옷은 가져왔고?"

"물론이죠♪ 오늘은 애초부터 자고 갈 생각이었으니까. 하지만 쌤이 어제처럼 입는 게 좋다고 하시면 그걸 입어드릴게요……. 어디 있어요?"

"그럴 필요 없어. 옷도 어제 세탁해서 건조기 안에 있고."

"헐……."

믿을 수 없다는 표정이다.

가자미눈을 하고 노려본다.

"뭐야, 그 반응은."

"그 말인즉슨 으헤헤헤, 그 녀석이 이걸 입었었지……. 후후후, 암컷 냄새가 나는군. 오늘 밤은 이걸 써야겠어…… 이런 생각을 안 했다는 거잖아요? 만화에서 음흉한 주인공이 하는 그런 거. 아, 아니면 오늘 학교 가기 전에 썼나?!"

"안 썼고, 애초에 넌 담임 선생님을 뭐라고 생각하는 거야? 그리고 평소에 대체 무슨 만화를 보는 거냐……."

"으으, 사쿠란으로 있을 때 메시지로 대답했잖아요. 소년 만화, 소녀 만화 가리지 않고 읽는다고. 인터넷에 무료로 공개된 것도 있고. 그중에 야한 것도 있고……."

그러고 보니 그런 메시지가 있었다.

내가 어렸을 때와는 다르게 요즘 시대에는 만화 앱으로 과거 작품들을 무료로 읽을 수 있고, 애니메이션도 구독형으로 볼 수 있다.

그래서 학생들이 나보다 옛날 만화나 애니메이션을 더 잘 알기도 한다.

후우…… 하고 나는 한숨을 쉬었다.

"일단 목욕하고 와."

"네~♡"

요란스럽게 방을 나가는 아야세.

조금 뒤 샤워 소리가 들렸다.

쏴아아아…….

술 때문에 신경이 과민해져 있는 탓일까.

그 소리가 어제보다 큰 것처럼 느껴진다.

'──아, 위험해…….'

빈 아이스크림 용기를 버리려고 몸을 일으키다가 다리가 휘청 꺾였다.

눈앞도 빙빙 돈다.

술기운과 수마의 더블 펀치로 한계다.

잠도 깨고 술도 깨려고 다시 물을 마시려고 했지만──.

"더는 무리야……."

나는 침대에 푹 고꾸라졌다.

'……응, 이건──.'

훅, 하고 나를 감싸오는 젊은 여성의──아마도 아야세의 냄새다.

이 이불에서 아야세가 잔 것은 어젯밤인데 왜 이렇게 좋은 냄새가 나는 걸까?

샤워 소리가 커진 것과 같은 이유.

술기운에 오감이 모두 과민하게 반응하고 있는지도 모른다.

이 냄새 때문에 기분이 이상해진다.

단, 그것보다——.

"쌤, 괜찮아요? 아직 일어나 있네. 같이 목욕할래요?"

욕실에서 목소리가 메아리처럼 울린다.

그러나 거기에 대답할 기운조차 없다.

몸이 꼼짝도 하지 않고 목소리도 나오지 않는다.

'이러다 잠들겠어…….'

10초만 더 있다가 일어나자.

그런 생각을 했지만 그럴 수 없었다.

6

"……쌤……, 쌤…… 셔츠 제가 알아서 꺼내 입었어요. 언제까지 주무실 거예요? 일어나세요. 안 일어나면 키스할 거예요~. 얼른요~♡ 흥, 안 일어나네……. 그럼 선언한 대로——. 헷, 농담이에요♡"

——이게 뭐지?

──엄청 달콤한 냄새가 나는데.

"아이 정말. 이불도 안 덮고 자면 감기 걸려요. ……흔들어도 안 일어나고. 흥~, 일단 자는 얼굴 찍어야겠다. 안경, 벗겨도 되죠?"
귓가가 간지럽다.
이어서 찰칵 소리가 들렸다.
그리고 한참 동안 뭔가가 몸을 누르는 느낌이 들었다.
"됐다. 쌤, 아기 같아. 쌤, 너무 귀여워요──. 젖 먹을래요? 꺄♡"

──다시 들리는 이 목소리는──.

"……음~, 그럼 지도도 못 하는데 나도 잘까~……. 쌤이 침대에서 잠들어 버렸는데 어떻게 할까. 이것도 기회니까 괜찮겠지……?"

──부드럽고 기분 좋은 온기가 몸에 닿는다.

"그럼 같이…… 안녕히 주무세요, 쌤♡"

이어서 들려온 것은 쿵쿵쿵, 하는 심장 소리.

콧구멍에 달콤한 냄새도 흘러 들어온다.

'이건 아야세의——.'

이렇게 생각하면서도 몸이 움직이지 않아 확인할 길이 없다.

'이건 꿈……이겠지? 아마…….'

그대로 달콤한 냄새와 기분 좋은 온기에 싸여서 나는 다시 정신이 아득해졌다.

× × ×

번쩍 눈이 떠져 침대에서 벌떡 일어났다.

"……아침……?"

커튼은 이미 활짝 젖혀 있었다. 유리창 너머에서 쏟아지는 따스한 햇살을 받으면서 어젯밤의 기억을 환기해 본다.

학교 회식이 있었고, 돌아오는 길에 아야세를 만나 그저께에 이어서 내 집에서 같이 하룻밤을 보내게 되었다.

기억나는 것은 아야세가 사 온 아이스크림을 같이 먹었던 것까지다.

그 뒤의 기억은 모호, 아니 전혀 없다.

'——그런데…… 이게 무슨 냄새지……?'

아야세의—— 여자의 냄새도 나지만 그것만이 아니다.

달콤하고 고소하니 매우 맛있는 냄새도 난다.

‘계란말이……?’

그 밖에도 고기 냄새와 밥 냄새도 난다……. 부엌으로 시선을 돌렸다.

“아, 쌤. 좋은 아침——. 일어나셨네요.”

그 목소리에 화들짝 놀랐다.

옆에 놓여 있던 안경을 쓰고 부엌을 본다.

‘사쿠란——이 아니라 내 학생……이구나.’

교복 차림이 아니라 귀여운 복장이다.

안경도 쓰고 있지 않고 머리를 양 갈래로 땋지도 않았다.

하지만 그게 내 학생인 아야세임을, 지금은 안다.

“아야세, 거기서 뭐 해……?”

나는 침대에서 내려와 그쪽으로 가면서 묻는다.

드디어 완전히 잠이 깨고 의식도 또렷해졌다.

“보시다시피 아침밥 만들어요. 벌써 다 됐어요.”

“그러니까 왜…….”

이 집에 뭘 만들 수 있는 식재료는 거의 없었을 텐데.

가서 보니 부엌에 편의점 봉투가 있었다.

재료를 사 온 건가?

“후후후……. 아주 가정적인 집밥으로 쌤의 마음을 Get♡ 그럼 언제든지 재워 주겠지~ 싶어서요♡”

“절대 그런 일 없어.”

머리를 손날로 내리친다.

“에이——, 왜요~. 또 학대…….”

두 손으로 머리를 감싸고 눈물을 글썽이면서 말한다.

“어젯밤에 저한테 그런 짓을 해 놓고 없었던 일로 하기예요? 저는 쌤이 취하면 그런 짐승이 되는 줄도 모르고……. 진짜 대단했는데 쌤…… 혹시 기억 안 나세요?”

뺨을 빨갛게 물들이고 몸을 배배 꼰다.

눈가에 눈물을 글썽이면서 눈을 위로 뜨고 나를 쳐다보는 아야세.

그러나——.

“너무 뻔한 거짓말이네.”

“거짓말 아니에요!”

“증거는?”

“네……? 쌤이 자는 얼굴이라면 사진이…….”

“그건 증거가 못 돼. 그럼 이건 어때——.”

나는 아야세에게 다가간다.

쾅!

“히엑!”

“지금부터 한판 할까? 어때……?”

농담이었지만 왠지 벽에 밀어붙인 듯한 상황이 되고 말았다.

게다가——.

“~~~~~~~!!”

© Shiokoji

내 가슴 앞에 있는 것은 얼굴을 새빨갛게 물들인 아야세.

한눈에 봐도 동요하고 있다.

처음 보는 표정을 짓고 있다——.

나는 정신이 번쩍 들었다.

어디까지나 아야세는 아직 어린 여고생, 16세 소녀이다.

황급히 떨어져서 사과한다.

"미, 미안. 농담이었어."

"저, 저도 농담……. 죄, 죄송해요."

"아니 애초에 아야세 네가 내 마음을 얻는 게 무슨 의미가 있니? 내가 누군가의 마음을 얻을 수 있도록 도와주겠다며."

"그건 그렇지만, 그건 그거고 이건 이거잖아요?"

"이율배반 아니야?"

"이율배반? 그게 뭔데요?"

"그러니까, 만일 나한테 애인이 생겼는데 그 애인이 집에 왔다고 쳐 보자. 그러면 어제 네 친구처럼 너를 재워 주지 못하게 되잖아……."

"오—— 뭐예요? 집에 여자를 들이겠다니, 쌤 변태!"

"뭐가 변태야!"

지금 집에 있는 너는 뭔데.

"그런데 그게 무슨 문제예요? 셋이 하는 것도 많은데."

"뭐?"

“아, 세 명이 같이 잔다는 소리는 아니고요.”

“누가 뭐래!”

순간 그 상황을 상상해 버린 나는 얼굴이 확 달아올라서 소리를 지르고 말았다.

딱히 하렘에는 취미가 없지만.

굳이 꼽자면 나는 한 사람이 선택받는 러브코미디가 더 좋다.

“어쨌거나 여자친구가 이상하게 생각할 거고, 그런 이유로 깨지면 안 되잖아.”

결국 내가 직업을 잃는 정도로는 끝나지 않는 상황에 내몰릴 가능성도 있고.

“그런데 쌤, 아직 여친이 생기지도 않았는데 그런 걱정을 할 필요가 있어요?”

“하아……. 네가 먼저 꺼냈잖아.”

“아, 괜찮아요. 전 연상의 여성한테 사랑받는 타입이라 자신 있거든요. 오히려 쌤 여친이 자기 집에서 재워 줄지도……♡ 그러기 위해서라도, 쌤…… 이번 주 토요일에 한가해요? 한가하면 저랑 데이트해요♡”

“뭐?”

느닷없이 데이트라는 말이 튀어나와서 나는 할 말을 잃었다.

“이번 주 토요일은 학교가 쉬는 날이라 한가하다면 한가

하지만……. 도대체 무슨 말이야?”

“그건 아침 먹으면서 이야기하기로 해요. 우리 식기 전에 먹어요.”

× × ×

“어때요, 맛있어요?”

“그럭저럭.”

맛도 있고, 이런 집밥은 오랜만이다.

솔직히 그리운 마음이 든다.

“지도!”

내 감상에 이의가 있는지, 눈앞에서 식사하고 있던 아야세가 젓가락 끝으로 나를 가리켰다.

“그럭저럭이 아니라 맛있다고 해도 되잖아요. 아니, 맛있다고 하세요! 그런 게 중요한 거라고요.”

확실히 그건 그럴지도 모른다.

“……맛있어. 그건 확실해.”

“음, 좋아요!”

흡족한 듯 방긋 웃는 아야세.

“그렇게 싱거운 반응일 줄 알았으면 소금이나 팍팍 칠걸 하는 마음이 들 정도라고요. 여친에 대한 반응이었다면 지금 그 반응은 정말로 빵점이었어요. 제자라도 빵점이고.”

"……교사 집까지 쳐들어오는 제자는 몇 점인데?"

"음~, 꼭두새벽에 일어나서 요리를 만들어 주는 건 100점 만점에 100점이죠."

"어련하시겠어."

"으~, 역시 소금을 팍팍 칠 걸 그랬어."

정말 뭘까, 이 상황은.

식사 중에 흘러나오는 아침 뉴스 프로그램에서는 일기 예보가 끝나고 예능 뉴스 코너가 시작되었다.

첫 뉴스는 유명 여배우 카가미 유리 주연의 러브로맨스 영화가 주말에 개봉한다는 소식이었다.

'여전히 예쁘네……'

카가미 유리는 이미 40세 전후의 나이다.

그러나 첫 번째 남편과 사별한 데다 아직 젊어서 아직도 수많은 연예인이나 기업 경영자 등과 염문을 뿌리고 있다.

그 정도로 미인이다.

이 영화도 카가미 유리의 정열적인 관능 신을 내세우고 있다.

이른바 정사신이다.

그 일부가 TV에서 흘러나온 순간.

갑자기 TV가 꺼졌다.

아야세가 리모콘을 TV로 향하고 있다.

"쌤 변태."

경멸스러운 눈으로 노려보면서 그렇게 말한다.

오늘 두 번째다.

"지금 TV 보던 표정, 마이너스 1만 점이에요."

아무래도 카가미 유리의 베드신에 넋을 놓고 있었던 것을 들킨 모양이다.

그것이 연인 앞이었다면——.

그거야말로 마이너스 1만 점 소리를 들어도 어쩔 수 없으리라.

그것에 관해서는 수긍할 수밖에 없다.

"말 나온 김에 우리 아까 그 얘기 해요."

"무슨 얘기?"

"토요일 데이트 말이에요!"

식탁을 두 손으로 탁, 치면서 눈썹을 치켜드는 아야세.

그러고 보니 아침을 먹기 전에 그런 얘기를 했었던 것 같다.

"지도해 드리겠다고 어젯밤에도 말했잖아요? 그걸 토요일에 해드리겠다 이거예요."

"왜 그게 데이트가 되는 건데……? 프로필 데이터나 사진 이야기를 했던 기억은 어렴풋이 나지만……."

그러고 보니 나는 그 뒤 아야세의 샤워를 기다리다가 잠이 들어 버렸었다.

"네, 집에서 적당히 찍은 티가 나는 그 사진. 촌스러워서

밖에서 다시 찍으려고요. 그거 어떻게든 하지 않으면 거의 아무도 컨택하지 않을 거예요.”

“몇 번 찍어 보고 제일 괜찮은 걸로 고른 건데.”

“쌤은 다른 남자들 사진도 안 봤어요? 카메라맨을 고용해서 찍은 사람도 있다고요.”

그런 이야기는 하카마다도 해준 적이 없다.

그렇게까지 하는 사람도 있구나.

“그러니까 여성의 시선에서 느낌이 좋은 사진을 찍어 드릴게요. 그러면「좋아요!」도 엄청 많이 받을 수 있을 거예요! 어때요? 완벽한 지도죠?”

“고맙다면 고마운 얘기지만, 다음 주는 중간고사인데……괜찮겠어?”

“그건…….”

시선을 피하는 아야세.

“뭐야, 그 반응은?”

“에이, 괜찮아요. 중간고사쯤. 1학년 때 제 성적, 쌤도 아시잖아요?”

알긴 알지만, 좋지도 않고 나쁘지도 않다.

중간 정도 성적이다.

“그러니까 괜찮을 거예요. 쌤이 보답으로 시험 문제를 가르쳐 주면 완벽☆”

“말 같지도 않은 소리를!”

게다가 교환 조건은 재워 주는 것뿐이었다.

"알았다고요. 공부도 했으니까 성적 잘 나올 거예요."

"진짜지……?"

"진짜요, 진짜. 그리고 하루 정도는 쉬어도 되잖아요? 자, 그럼 결정! 빨리 준비해야지!"

"공부도 제대로 해야 한다."

반강제로 토요일 일정이 정해져 버렸다.

그 뒤 나는 샤워를 하기로 한다.

어젯밤 집에 와서 그대로 잠들어 버렸기 때문이다.

그리고 옷을 갈아입고 거실로 돌아오자, 아야세의 이런 목소리가 들렸다.

"──이걸로 끝."

막 설거지를 마친 모양이다.

그러고는 옆에 놓아두었던 책가방을 집어 들고 말한다.

"그럼 쌤, 가요☆"

"가긴 뭘 가. 우린 소꿉친구도 연인도 아니고 교사와 선생이야. 같이 가는 건 말도 안 돼."

애초에 지금의 아야세는 학교에서 평소 보는 복장도 아니다.

안경도 쓰고 있지 않고, 요리를 만들 때처럼 밝은 갈색 머리다.

"하하하☆ 저도 알아요. 그럼 저 먼저 갈게요. 옷도 갈아

입어야 하니까. 그럼 쌤, 이따 봐요♡”

“수업 중에 LINE 보내지 마라.”

“또 그거예요? 하도 들어서 저도 안다고요. 뻬에~!”

아래 눈꺼풀을 손가락으로 내리면서 혀를 내민다.

그러고는 집에서 나갔다.

조금 있다가 나도 집을 나갔다——.

한 시간 남짓 지난 아침 HR 시간. 안경에 양 갈래머리를 한 아야세가 자리에 앉아 있었다.

내가 교실에 들어오자마자 눈이 맞았다. 순간 방긋 웃은 듯이 보인 것 외에는 평소와 다르지 않은 아야세.

수업 중에 라인 메시지를 보내지도 않았다.

방과 후에는 토요일 일정을 보냈지만——.

× × ×

돌아온 주말의 토요일.

지도받기로 한 날 아침이다.

띵동…… 띵동…….

초인종에 눈을 떴다.

“이 아침부터 누구야…….”

아직 9시가 막 넘은 시간. 아야세와는 오후 약속이라 10시쯤에 일어나려고 했는데…….

‘내가 아마존에서 뭘 시켰던가?’

택배치고도 이른 시간이라고 생각하면서 현관으로 나갔다.

“응……?”

거기에는 아야세가 서 있었다.

“저 왔어요♡”

『맞는 구두를 신은 자가 세상을 제패한다』

-벳 미들러 (가수·배우)

1

"저 왔어요♡"

나는 어이가 없었다.

"왜 집에 온 거야……. 어젯밤에 LINE으로 약속 장소를 정했잖아."

"일찍 일어났는걸요. 게다가 깜빡 잊고 안 물어본 게 있어서, 직접 오는 게 빠를 것 같았어요."

아야세가 스마트폰을 나에게 들이민다.

찰칵!

"잠깐…… 뭘 찍는 거야!"

지금 나는 자다 깬 모습 그 자체. 셔츠 한 장에 반바지 차림이다. 물론 이런 사진을 매칭 앱에 제공할 리는 없다.

"쌤…… 변태……."

"변태는 이런 사진을 찍는 네가 변태지."

"그게 아니라, 그 아래쪽."

뺨이 발그레하게 물들인 아야세. 그녀의 시선이 향한 곳

으로 나도 시선을 향했다. 그러자 반바지의 한곳이 부풀어
오른 게——.

“우왓?!”

나는 당황해서 하반신을 두 손으로 가린다. 동시에 아야
세의 얼굴이 빨개진 이유를 이해했다.

“지금 그거 지워!”

“싫은데요.”

다시 찰칵.

“쌤의 야한 사진 더 찍어야지.”

찰칵, 찰칵.

“너 이 녀석!”

“헤헤헤~♡ 지우고 싶으면 스마트폰 뺏어 보세요.”

“이 녀석…….”

발끈한 나는 사타구니에서 한 손만 떼고 스마트폰을 뺏
으려고 팔을 뻗었지만——.

“앗…….”

“꺅?!”

중심을 잃고 아야세의 몸을 덮치듯이 바닥에 쓰러뜨리
고 말았다.

“——윽. 괜찮아?”

일어나면서 묻는다. 나는 몸에 조금 충격을 받았을 뿐이
지만 쿠션처럼 깔려 버린 아야세가 걱정이었다.

“앙♡”

“응?”

뭐지, 지금 이 목소리는.

그리고 감촉은.

“괜찮은데……. 닿았어요.”

“앗…….”

그 말에 깨달았다.

일어나려고 했던 순간.

내 한 손이 아야세의 젖가슴을 움켜쥐는 모양이 되었다.

“미, 미안!”

황급히 손을 뗀다.

“아, 그게…… 그쪽도 그렇지만, 아, 다른 데도…….”

“어……? 아앗!”

보기 드물게 수줍은 표정의 아야세.

나는 그제야 내 딱딱하고 커다래진 그것이 아야세의 허벅지에 닿아 있다는 것을 깨달았다.

“헉……! 미안!”

당황해서 아야세에게서 떨어져 등을 돌린다.

가슴을 만진 것도 모자라 다 큰 소녀에게 성인 남자가 커진 그것을 비비다니—— 이런 추태를.

너무 부끄러워서 눈도 마주칠 수 없다.

어떻게 말을 꺼낼지 망설이고 있는데 아야세가 일어나

서 먼저 이렇게 말했다.

"아, 저기…… 신경 쓰지 마세요. 저도 신경 안 써요. 아참. 샌드위치 사 왔는데 드실래요? 아침 아직이죠?"

"……먹자."

시선을 피한 채 대답한다.

성인으로서, 교사로서 오히려 학생에게 위로받았다는 게 한심해서 뺨을 발그레하게 물들인 아야세 앞에서 나는 그렇게 대답할 수밖에 없었다.

× × ×

내가 옷을 갈아입고 조금 진정한 후, 우리 둘은 낮은 탁자에 마주 앉아 샌드위치를 먹었다.

달걀과 참치와 햄을 넣은 샌드위치 세트. 팩에 든 요구르트도 아야세가 사 온 것이다.

"그런데 깜빡 잊고 못 물어봤다는 게 뭐야?"

우리 집에 들어오자마자 아야세가 그런 말을 했던 것 같은데. 그것을 떠올리고 물었다.

"아 그거요? 묻고 싶은 거라기보다는 체크하고 싶은 게 있어서요. 물어보기보다는 보는 게 빠를 것 같으니까 샌드위치 다 먹으면 확인해 볼게요."

대체 뭐지?

그때는 가르쳐 주지 않았지만, 샌드위치를 다 먹고 나자마자 그 답을 알 수 있었다.

"그럼 시작해 볼까요?"

아야세가 재빨리 일어나서 옷장을 활짝 열었다.

"뭐, 뭐 하는 거야……?"

"옷 체크♡"

아야세가 윙크를 던지더니 옷장에 걸려 있는 옷을 한 벌, 두 벌 체크하기 시작했다. 장롱처럼 사용하던 플라스틱까지 안을 확인하고 있다.

"학교에서 봤던 것뿐이네요. 쌤, 이런 바지도 입었어요?"

"그만해! 그런 거 보지 마! 펼치지 마!"

"……알았어요. 어차피 볼 건 다 봤고, 대충 상상했던 대로네요. 이래서는 좋은 사진이 찍힐 리도 없고, 데이트 약속을 잡아도 잘 될 리가 없어요. 쌤, 전체적으로 아저씨 취향이네요."

"아저씨 취향……."

"학교 선생님 같아요."

"그야 선생님이니까."

"그러니까 안 되죠! 사쿠란으로서 데이트했을 때도 나이치고 젊음이 느껴지지 않는 복장이라고 생각했다고요. 쌤, 귀여운 동안인데 얼굴이 아깝잖아요. 지금 입고 있는 옷도 스스로 아저씨 같다고 생각하지 않아요?"

"……."

그러고 보니 아저씨 같기도 하고, 선생님 같은 복장 같기도 하다.

"데이트는 학교가 아니고, 어울리는 옷을 입어야 연애도 제압할 수 있다는 말도 있어요!"

"그거 신발 얘기 아니야?"

대학 시절에 인기를 끌어 보려고 패션을 조금 공부했을 때 그런 격언을 봤던 기억이 난다.

"……그럴지도 모르지만, 어쨌든, 아저씨. 일단 옷부터 사요, 쌤! 신발은 심플한 흰색 스니커즈도 괜찮아요. 그건 신발장에 있는 거 봤어요. 그리고 사진 찍어요!"

그를 위해 향한 곳은 네 정거장 떨어진 역. 큰 강이 있고 넓은 둔치도 있어서 사진 찍기 좋은 곳이라고 한다.

"마침 역 근처에 친구가 알바하는 중고 옷 가게가 있으니까, 거기서 사요. 그럼 출발!"

"자, 잠깐——."

내 팔을 잡아당겨 집을 나서려는 아야세를 멈춰 세웠다.

"누굴 만나면 어쩌려고 그래. 이 근처에 카토 선생님도 산단 말이야……."

지금의 아야세와 학교에서 보는 아야세는 언뜻 봐서는 절대 연관 짓지 못할 것이다. 그래도 조심해서 나쁠 건 없다.

"카토 쌤이라면 아까 역 앞에서 봤어요. 아마 부 활동일 테니까 괜찮아요. 그러니까 레츠 고!"

"자, 잠깐……. 딱 달라붙어서 가는 것만큼은 절대로 하
지 마!"

"알았어요. 여기선 안 할게요."

"어디서도 하지 마!"

우리는 그런 대화를 하면서 집을 나섰다.

2

"여긴 너무 젊은이 취향 아니야?"

아야세와 둘이 전철을 타고 도착한 목적지.

중고 옷 가게 앞에서 나는 위축되었다.

바깥에서 보이는 쇼케이스에 진열된 옷들은 화려함 그
자체였는데, 잘은 몰라도 아마 시부야나 하라주쿠 패션
이다.

"괜찮아요. 쌤, 외모는 아직 젊잖아요."

"아…… 그래? 아니, 그래가 아니라──!"

순간 어린 여자한테 그런 소리를 들어서 우쭐해졌지만
역시 기가 죽는다. 아야세가 그런 내 등을 말로만이 아니
라 두 손으로도 떠민다.

"빨리 들어가요."

각오를 다질 수밖에 없는 듯하다.

'이럴 때 아니면 평생 이런 곳에 들어올 일도 없을 거고.'

그것만 따져도 지도받는 의미는 있으리라.

나는 아야세에게 떠밀리듯이 가게로 들어갔다.

'역시 생각했던 대로……'

가게 분위기를 보고 생각한다.

화려한 게 꼭 낯선 곳에 원정 온 기분이다.

그러나 아야세에게는 홈 그 자체이리라.

친구 집에 놀러 온 기분으로 말했다.

"안녕~, 레나치 있어~?"

"아, 사쿠치!"

단번에 이름이 돌아오다니, 역시 친구가 알바하는 가게구나── 이렇게 생각했을 때, 한 가지 의문이 들었다.

'레나치, 사쿠치……? 이 호칭에 이 목소리, 어디서 들은 적 있는 것 같은데……'

목소리가 들려온 쪽으로 시선을 향한다.

"크헉……"

거기에 있는 것은 우리 반 학생.

레나치, 그러니까 우자키 레이나다.

"너, 무슨 생각을 하는 거야! 무슨 생각으로……"

"괜찮아요. 레나치는 괜찮다니까요."

"언제는 둘만의 비밀 관계라며!"

"아무한테도 말하지 않겠다는 말은 한 적 없어요. 거기다 쌤한테 매칭 앱 하냐고 물어본 것도 레나치였고. 그리고 레나치는 저랑 쌤에 관해서 말할 수 없는 사정이 있다고요.”

“그건 또 무슨 말인데!”

“아―― 어쩌다 보니. 그 이상은 스톱!”

허겁지겁 아야세에게 두 팔로 헤드락을 거는 우자키.

“악, 기브 업…….”

아야세는 팔을 풀고 우자키에게 이렇게 말했다.

“그냥 솔직하게 털어놓고 협조를 구하는 게 낫지 않아? 카토 선생님 말이야.”

그리고 나를 보고 말한다.

“레나치는 카토 선생님의 친척이에요――.”

“아, 카토 선생님한테 들었어. 우리 반에 친척이 있다며 잘 부탁한다고…….”

거기까지 말했을 때 우자키의 얼굴이 새빨개진 것을 깨달았다.

‘이 반응은 설마…….’

나도 모르게 입에서 말이 새어 나온다.

“설마 우자키 너, 카토 선생님을……?!”

“네! 쌤, 용케 아셨네요. 레나치의 첫사랑이 카토 선생님이에요――.”

“사쿠라!”

우자키가 빽 소리를 지르고 아야세의 멱살을 잡는다.

마치 야쿠자 같다.

극대노다.

"쓸데없는 말 하면 나도 가만 안 있는다? 사쿠치의 비밀을 전부 폭로할 거야. 물론 쌤이 매칭 앱을 한다는 것도!"

"아~, 그러면 곤란한데. 알았어. 쌤, 이제 서로 말할 수 없다는 거 잘 아셨죠?"

"하아……."

생각지도 못한 전개다.

게다가 난처한 전개다.

카토 선생님은 키라라자카 선생님을 좋아하는데──.

그것은 우자키도 눈치채고 있을 터.

'그러고 보니 시업식 날, 복도에서 카토 선생님이 키라라자카 선생님을 어쩌고 했던 것도 그래서……?'

참고로 카토 선생님은 분명히 우자키의 마음을 모른다.

카토 선생님은 그런 사람이니까 나는 알 수 있다.

친척인데 나이 차도 있고, 둔감하기까지.

어려운 조건 속에서 유일하게 희망이 있다면 키라라자카 선생님과 카토 선생님이 잘될 확률이 별로 없다는 것 정도일까──.

카토 선생님한테는 미안하지만, 그렇게 생각하자 저절로 쓴웃음이 나왔다.

"──이 이야기는 이제 끝!"

아야세가 짝, 하고 손뼉을 치고 말한다.

"쌤, 코디 시작해요!"

× × ×

그리고 아야세는 쌤의 피부색에는 이런 색깔의 셔츠가 어울린다는 둥 다리가 길어 보인다는 둥 이런 옷과 색깔이 지금 유행이라는 둥 여러 가지를 가르쳐 주면서 내게 옷을 대 보았다.

"피부색이라는 게 쿨톤이다 뭐다 하는 그거야?"

여학생들이 말하는 것을 들은 적이 있다.

"네. 여름 쿨이나 가을 웜 같은 거. 쌤은 여름 쿨이에요."

"응, 여름 쿨 느낌이야."

우자키가 아야세의 의견에 동의했지만, 나는 무슨 의미인지 전혀 이해하지 못했다.

"참고로 여름 쿨에 어울리는 옷 색깔은 파란색 계열이에요. 그리고 오프화이트나 그레이도……."

"그렇다면…… 이런 느낌 아니야?"

"음, 그것보다는 이게 더 어울리는 것 같은데."

옷을 이리저리 대 보는 우자키에게 의견을 주는 아야세. 결국 내 눈앞에 입어 보아야 할 옷이 1세트가 아니라 총 3세트 준비되었다.

그것을 보고 아야세가 선택한다.

"전부 괜찮은데, 프로필에 쓸 거면 이 조합이 좋겠어. 제일 산뜻한 느낌이라 호감도도 높을 것 같아."

3세트 중 하나를 가리키는 아야세.

"그럼 이걸 사면 돼?"

"네? 무슨 소리예요? 사는 건 전부 사야죠."

"……?"

"촬영뿐만 아니라 데이트용 옷도 사야죠. 매번 데이트에 같은 옷만 입게요? 혹시 제 사복이 매번 다르다는 것도 눈치 못 챘어요?"

"으음……."

생각해 보니 늘 다른 옷을 입고 있었던 것 같다.

"역시 몰랐군요?"

"아니, 그게 아니라……."

한심한 눈으로 노려보았다.

"……최악이야. 그걸 어떻게 몰라요? 절 제대로 안 본 거예요? 사쿠란으로 데이트했을 때랑 똑같잖아요."

듣고 보니 그랬다.

아야세를 별로 유심히 보지 않았다.

사쿠란 때 지적받았던 것하고 변한 게 없다.

쳐다보면 괜히 의식하게 돼서 부끄럽기 때문이다.

물론 그거야말로 부끄러워서 말할 수 없다.

"눈치 못 챈 건 미안하지만, 애초에 남자는 기본적으로 그런 걸 별로 신경 쓰지 않고, 마음에 드는 것만 계속 입는 타입도 많을걸……."

이렇게 얼버무리려 하지만.

"변명이에요."

이 한마디로 정리되어 버렸다.

"그리고 남자는 이렇다는 둥 쌤이 어떤 타입이라는 둥, 솔직히 그런 건 아무래도 좋아요. 중요한 건 평가하는 상대, 즉 여자의 감각이라고요. 잘 안되면 제대로 해야죠."

아무 변명도 할 수 없었다.

"참고로 말하면, 이 가게는 카드나 각종 페이 결제도 가능해요. 그리고 쌤도 친구 할인 10% 대상. 지금 사면 이득!"

손으로 브이를 만드는 우자키. 그건 고마운 말이지만…….

"얼마인데?"

조금 불안해하면서 물었다. 26세의 고등학교 교사. 대학을 갓 졸업한 평범한 월급쟁이보다는 많이 받는 편이라고 생각하지만, 그렇게까지 금전적 여유가 있는 것은 아니다.

"잠깐만요, 지금 계산해 드릴게요."

우자키는 옷에 달린 태그를 기계로 읽는다. 옆에 놓인 태블릿과 접속되어 있는데 그것으로 결제하는 모양이다.

"꼬리 떼고 2만 5천 엔."

"생각보다 싸네."

대학 입학 직후에 번듯한 옷을 입고 싶어서 큰맘 먹고 편집숍에서 옷을 산 적이 있다. 셔츠 세 벌에 비슷한 가격이었기 때문에 놀랐다.

"이 중에는 비싼 브랜드가 없고 우리 가게는 중고 가게니까요. 쌤의 지갑 사정도 고려해서 골라드린 거예요."

당연하다는 듯이 윙크를 던지는 우자키.

아야세도 이어서 말한다.

"쌤, 패션은 돈이 아니에요. 그렇지 않으면 평범한 고딩이 어떻게 멋을 부리겠어요?"

듣고 보니 확실히 그렇다.

"그래서, 사시는 거죠, 쌤? 저 엄청 열심히 고른 건데."

웃는 얼굴로 압박을 가하는 우자키.

"쌤이 사시면 저한테도 백마진이 있어요. 그러니까 제발요, 네?"

"……알았어. 살게."

"고맙습니다! 이제 사고 싶었던 신상 액세서리를 살 수 있다!"

"아, 잠깐."

그 옆에서 아야세가 톡 끼어들었다. 뭐야? 뭔데? 하는 표정으로 각각 아야세를 쳐다보는 우자키와 나. 그러자 아야세가 "이것도" 하며 안경을 내민다.

도수가 없는 멋내기용 안경이다.

"지금 쓰고 있는 것보다 이 정도 얇기가 더 멋있거든요.
써 보세요. 얼른요."

"야, 야!"

내 안경을 벗기는 아야세. 이어서 멋내기용 안경을 씌우
고는 만족스럽게 웃었다.

"음, 어울려. 역시 이게 더 멋있어요, 쌤. 이제 남은 건
머리인데……. 커트한 지 얼마 안 되어 보이니까, 음, 일단
이 정도로 됐나? 조만간 이 안경에 도수를 넣으러 가요."

"으음……."

옆에 있는 거울로 확인한다. 시야가 흐려서 잘 안 보이
지만 아야세가 그렇게 말한다면 멋있는 건가?

정말로 잘 모르겠다.

"그런데 쌤은 렌즈 안 해요? 안경 없는 게 나은 것 같은
데. 저도 지금 같은 때는 렌즈 껴요."

"눈에 뭘 넣는 건 무서워."

"뭐예요, 그게. 쌤, 귀엽다♡"

우자키도 말한다.

"어른이면서. 렌즈 끼는 여고생이 많다는 건 쌤도 알잖
아요? 다 끼고 다니는데."

"시, 시끄러워……."

"아무튼 그 안경은 오케이예요. 안경남을 좋아하는 여자
도 꽤 많고. 그러니까 그 안경도 사세요. 1천 엔이니까 오

차 범위죠?”

오차 범위라면 오차 범위지만 앞으로 이걸 쓸 기회가…… 있을까? 없다면 비싼 거 아닌가…… 생각하면서도 이걸로 좋은 사진이 찍힌다면 좋은 거지 하면서 구매한다.

카드 결제를 마쳤을 때.

“그럼 레나치, 입고 가게 첫 번째 세트만 줘. 그리고 안경도. 나머지는 봉투에 담아 줘.”

“오케이.”

“그럼—— 쌤, 옷 갈아입으세요!”

벨트까지 포함된 옷 세트를 건네받은 나는 시키는 대로 피팅룸에서 옷을 갈아입게 되었다.

“이런 느낌인가?”

“음, 좋아요. 그치, 레나치?”

옷을 다 갈아입고 피팅룸에서 나오자, 아야세가 활짝 웃는 얼굴로 맞이해 주었다.

“음, 좋은데요.”

우자키도 마음에 드는 듯하다.

‘정말 괜찮나……?’

옆에 있던 거울에 비춰 보니 거기에 있는 것은 산뜻한 청년——으로 보이기도 한다. 평소보다 확실히 젊어 보이지만 학생이 아니라 사회인의 느낌은 어쩔 수 없다.

‘둘 다 꽤 하는데.’

마음속으로 내 학생들을 칭찬했다.

정말로 나쁘지 않은 것을 넘어서 꽤 괜찮다.

그 뒤 우자키는 내가 벗어 놓은 옷가지를 깔끔하게 개서, 내가 구매한 옷들과 함께 종이 가방에 넣어 건네주었다.

그러자 아야세가 말했다.

"그럼 쌤, 촬영회 가실까요☆"

3

찰칵, 찰칵…….

"네, 좋아요~. 그런데 웃음이 좀 어색하네요. 더 자연스럽게~. 좋아요. 쌤, 치즈!"

우자키를 남기고 구제 옷 가게를 나온 뒤. 강변으로 이동해서 나는 아야세가 시키는 대로 피사체로서 포즈를 취하고 있었다.

참고로 안경도 물론 아까 구매한 멋내기용 안경으로 바꿔 꼈다.

그 때문에 앞이 잘 보이지 않았다.

찰칵, 찰칵…….

'이게 무슨 상황이지…….'

만화 잡지에 있는 그라비아 페이지의 아이돌이라도 된 기분이다.

“쌤, 실눈 뜨지 마세요!”

“아, 미안.”

눈이 나빠서 어쩔 수 없다고 생각하면서도 눈을 크게 부릅떴다.

“좋아요. 그 느낌이에요☆”

뭐가 어떻다는 건지 잘 모르겠지만 느낌이 좋다고 하니 그만 들떠서 멋진 포즈를 잡아 보고 했다.

“아, 《죠죠》에 나오는 포즈는 안 돼요.”

알아봐 준 것은 기쁘지만 아야세의 마음에는 들지 않았던 모양이다.

“정 이상한 포즈가 하고 싶으면 《우마뾰이》 같은 거 해 보세요.”

“됐어.”

그 뒤에도 촬영은 계속되었다──.

“많이 찍었다♪ 뭐가 좋을까~.”

아야세는 스마트폰 화면을 손가락으로 넘겨 촬영한 사진을 확인하고 선별한다.

“음, 이게 제일 좋겠다.”

사진을 결정한 모양이다.

“이거 보세요, 쌤. 나름 산뜻한 평범남 같죠!”

“그게 뭐야.”

원래 쓰던 안경으로 바꿔 끼고 아야세가 들이미는 스마

트폰을 본다. 거기에 찍혀 있는 것은 아야세가 말한 대로 산뜻한 평범남이다.

둔치의 경사에 앉은 나.

부드러운 미소.

분위기는 어딘가 징그러운 오타쿠 같다.

옛날 CD 앨범 재킷 같기도 하다.

"어때요, 엄청 잘 나왔죠?"

"그, 그런가……?"

"잘 나왔잖아요!"

단호하게 말한다.

잘 모르겠지만, 아야세가 그렇다면 그런 거겠지.

그런 걸로 치자.

"그럼 이걸 베이스로 쓰는 걸로 확정이에요. 그런데 한 장 더 필요한데……."

"어엇……?!"

갑자기 내 몸에 팔을 두르는 아야세.

꼭 붙더니——찰칵!

"아, 흔들려서 얼굴이 이상해졌잖아……."

아야세는 스마트폰 카메라로 찍은 사진을 보고 불만스럽게 입을 내밀지만 이내 다시 카메라를 들이댄다.

"그러니까 한 장 더. 쌤, 웃으세요♡"

"왜 너랑 사진을……."

"그냥 찍어요. 웃으면 복이 온다는 말도 있잖아요. 그러니까, 자, 치즈♡"

"잠깐……."

"그만둬" 하며 스마트폰을 뺏으려고 했지만.

찰칵!

아야세가 사진을 확인하고 말한다.

"음, 얼굴은 제대로 안 찍혔지만, 쌤답게 나와서 좋은데요. 보세요."

그리고 보여 준 사진에 찍혀 있는 것은 브이를 하는 아야세의 뒤에서 깜짝 놀라면서 카메라를 뺏으려고 하는 내 모습이다.

"……지워 줘. 어디가 나답다는 거야."

"싫은데요. 오늘 기념은 이걸로 해야지♡ 헤헤헤♡"

다시 사진을 보고 입이 벌어지는 아야세.

기념사진 수집이 취미인가?

아무리 봐도 좋은 사진은 아닌 것 같은데.

솔직히 취향을 잘 모르겠다.

이때의 나는 마음속으로 이렇게 생각했다.

"그럼 프로필 사진도 찍었으니, 보답으로 밥 사 주세요♪"

그리고 아야세가 한번 가 보고 싶었다는 파스타 가게에 가서 점심을 먹으면서 프로필 등록 정보에 대한 강의를 듣고── 저녁에 해산.

'모처럼 휴일인데 피곤해 죽겠네…….'

집에 돌아온 나는 침대에 푹 쓰러진다.

파스타 가게는 둘이 4천 엔 정도가 나왔다.

오늘 하루 옷값과 교통비를 포함해서 예상했던 최악의 경우보다는 돈이 덜 들었지만, 재력도 체력도 나름 소모되어 버렸다.

본전을 뽑기 위해서라도 빨리 매칭 앱에서 여친을 만들어야지——라고 생각하지만, 지금은 그것을 만질 기운이 없다.

애초에 오늘 촬영한 사진도 아직 받지 않았다.

아야세가 무슨 가공을 한다고 그랬는데——.

"……."

마치 노린 것처럼 스마트폰이 알람 소리를 냈다.

집어서 확인해 보니 아야세로부터 『쌤과 데이트♡』라는 글자로 꾸민 사진이 와 있었다. 나는 곧바로 답장을 보냈다.

장난이라도 이건 안 돼!!

한눈에 아야세라고 알아보기는 어렵지만, 그래도 유출되면 보통 큰일이 아니다. 그러자 「치이~」 하는 답장과 어휴, 하고 두 손을 허공으로 들어 보이는 스탬프에 이어서 프로필에 쓸 가공된 사진이 왔다.

“맙소사.”

한숨이 나온다.

그러나 새 사진 자체는 꽤 괜찮은 느낌이었다.

내가 봐도 내가 아닌 것처럼 보였다.

이상한 기분이다.

이 사진이라면 여친이 생길 것 같다는 생각마저 들었다.

일단 아야세와 단둘이 찍은 사진도 저장한 뒤.

나는 곧바로 사진과 아까 들은 강의대로 프로필을 고쳤다.

그 결과는—— 놀랄 만큼 빨리 나왔다.

× × ×

그다음 일주일도 중반에 접어든 수요일.

중간고사 기간. 집에 돌아오자, 스마트폰에 TWINS의 알림이 와 있었다.

「미즈키 님으로부터 메시지가 도착했습니다」라는 것이었다.

아야세의 말대로 사진을 가공한 덕분이라고밖에 할 수가 없다.

내 프로필에는 전보다 많은 수의 「좋아요!」가 붙어 있었다.

'과연 아야세가 자신만만했던 이유가 있었군⋯⋯.'

이 점은 아야세에게 진심으로 감사해야 할 것 같다.

그리고 그 「좋아요!」를 달아 준 한 사람이 미즈키 씨다.

이미 세 번 메시지를 교환했다.

느낌이 퍽 좋았는데 곧 데이트까지 갈 것 같은 예감도 들었다.

사진을 보고 "다정해 보이고 멋진 분"이라는 소감도 말해 주었고.

그런 가운데 설레는 마음으로 메시지를 봤더니.

주말에 식사 어떠세요?
문자는 잘 못 하는 편이라……
직접 만나서 대화하면
좋겠는데.

예감대로 진행되는 전개에 나는 주먹을 불끈 쥐었다.

물론이죠!

이런 답장과 함께 이번 주는 토요일에 출근해야 해서 「일요일이라면 비어 있습니다」라는 메시지를 보냈다.

추신처럼 이렇게 덧붙였다.

드시고 싶거나 잘 못 드시는 것, 알레르기 같은 것 있으실까요?

특별히 드시고 싶은 게 있으시면 말씀하세요…….

이런 배려를 하는 것도 중요하다고 아야세한테 배웠기 때문이다.

그러자 곧 「가고 싶은 식당이 있어요」라는 답장이 왔다.

내가 식당 문제로 감점을 당할 가능성이 없는 제일 편한 전개라 감사하다.

그 뒤에도 몇 번의 대화를 거쳐서 일요일 데이트가 결정되었다.

"예스——!"

나는 침대에 벌렁 드러누워 TWINS의 '미즈키' 씨 페이지에 있는 사진을 보고 입이 헤벌쭉 벌어진다.

어딘가 키라라자카 선생님을 닮은——그러면서도 중학교 시절의 전 여친 같은 분위기도 있는 귀여운 여성이다. 어떤 남성이라도 좋아할 만한 이런 여성이 나에게 호감을 보여 주다니——.

'빨리 만나고 싶다…….'

이런 생각을 하고 있는데 아야세한테 LINE이 왔다.

통화 요청이다.

어떤 의미에서 좋은 타이밍이리라.

이렇게 미즈키 씨와 데이트까지 가게 된 것은 아야세의 덕분이니까.

'매칭이 잘 됐다는 걸 보고하고 고맙다고도 해야지.'

그런 생각을 하면서 전화를 받았다.

"쌤! 일요일에 같이 어디 좀 가요. 또 가고 싶은 식당을 발견했거든요. 앞으로 쌤이 TWINS에서 연결된 상대하고 데이트할 때도 써먹을 수 있는 식당인데 미리 보러 가요. 시험도 다 끝났는데 그 기념으로……."

아야세는 통화가 연결되자마자 이런 말을 해 왔다.

'훗, 아직 아무런 진전도 없다고 생각하는군.'

나는 콧방귀를 뀌면서 당당하게 말한다.

"사실 그날 데이트 약속이 생겼어."

"엑?! 진짜요?"

거짓말이죠? 라고 말하고 싶은 듯한 아야세의 목소리를 들으면서 나는 절로 통쾌한 미소가 지어지는 것이었다.

4

돌아온 일요일.

미즈키 씨와의 데이트 당일 저녁에 집을 나섰다.

그리고 약속 장소인 역전 쇼핑센터 화장실에서 볼일을 보고 거울로 매무새를 고친다.

거울에 비친 내가 입고 있는 것은 전에 아야세와 같이 산 옷 세트 중 하나.

안경도 아야세가 사라는 대로 샀던 멋내기용 안경과 비슷한 얇은 타입의 안경을 끼고 있다.

도수를 넣어서 맞춘 것이다.

참고로 반 학생들도 다른 선생님들도 잘 어울린다고 칭찬받았다. 키라라자카 선생님도 칭찬해 주었다.

"좋아."

단장을 마쳤을 때 LINE 메시지가 왔다.

아직 교환하지 않은 수정 씨의 메시지가 아니라 아야세가 보낸 것이었다.

몸단장은 잘했어요? 등은 곧게 펴세요.

물론 그런 것쯤은 나도 안다.

걱정하지 마.

답장을 보내고 역전으로 돌아오니 약속 시간 2분 전이었다. 미즈키 씨가 벌써 도착했을까 하고 좌우로 고개를 돌려 그 모습을 찾으려고 했을 때.

"슈 씨, 이신가요?"

그 목소리에 고개를 든다.

동시에 나는 눈을 의심하며 당황했다.

'이, 이건 대체…….'

눈앞의 여성이 만일 '미즈키' 씨라면 '더 패널 매직'이라고밖에 할 수 없으리라. 아야세 때도 느꼈던 기분이지만, 오늘은 방향성이 다르다.

프로필이 플라이급이라면, 실물은 미들급, 아니 헤비급이라고 해도 과언이 아니다.

프로필 대비 가로로 140% 확대되어 있다. 사진과 피부색도 다르고, 미모도 다르고, 나이도 등록 데이터에 있는 「23」이 맞는지 의심스럽다.

이건 아니지.

아무리 생각해도 이건 사기다.

업소녀였어도, 출장녀였어도 무조건 체인지했을 거다.

가본 적도, 부른 적도 없지만.

'이거 어쩌면 좋지…….'

어쩔 줄 모르고 있는데 "슈 씨, 이신가요?"라고 다시 물었다.

"아, 네. 그렇습니다만……" 하고 대답할 수밖에 없었다.

미즈키 씨가 보기에 내 프로필은 40% 정도는 잘 나와 보이게 찍었을지언정, 아주 다른 사람처럼 나오지는 않았을 테니까.

"역시. 그럼 갈까요?"

방긋 웃는 미즈키 씨에게 팔을 꽉 붙잡혀 버린다.

"아, 네, 네……."

"식당 데리고 가 주실 거죠?"

몸을 붙여 오는 미즈키 씨.

향수 냄새가 코를 찌른다.

게다가.

'가슴, 가슴이 닿았잖아!'

그 커다란 덩치에 비례하듯 커다란 가슴이 팔뚝에 딱 닿아 있다. 그러나 야릇한 기분은 별로 들지 않았다. 가슴도 결국 지방 덩어리라는 걸 재인식했을 따름이다.

머릿속에 떠오르는 선택지는 두 가지.

▷도망친다

　도망친다

하지만 나는 이럴 때 교묘히 도망치는 기술이 없다.

"네, 네……. 갈까요?"

이미 식당도 예약해 놓아서 지금 도망쳐도 취소 수수료가 발행한다.

식당 자체는 잘하는 것 같으니, 그냥 매칭 앱에서 연결된 여성과 대화하는 연습이라고 생각할 수밖에 없을 듯했다.

일단 오늘 하루를 잘 넘기고 페이드 아웃 하기로 하자.

'아야세가 틀림없이 놀리겠지.'

이렇게 생각하면서 미즈키 씨와 식당으로 향했다.

'——그런데 여기······.'

걷다 보니 더 곤란한 상황과 맞닥뜨렸다.

어느새 주위가 러브호텔 거리였기 때문이다.

처음 오는 거리라 예약한 식당이 이런 곳에 있을 줄은 몰랐다.

여전히 딱 달라붙어서 팔짱을 낀 상태. 가슴도 계속 닿아 있고, 코를 찌르는 향수 냄새도 내 취향이 아니다.

그런 탓에 속이 울렁거리기 시작하는 가운데 5분 만에 식당에 도착했다. 하지만 나에게는 10분보다 더 길게 느껴지는 5분이었다.

× × ×

"아, 맛있어. 이렇게 맛있는 고기를 먹은 건 정말 오래간만이에요. 와인하고 고기 추가해도 돼요?"

"그, 그러세요······."

미즈키 씨가 고른 이 식당은 숨은 맛집 같은 레스토랑.

인테리어는 세련됐고, 혼자 온 손님도 있고, 남녀가 나란히 앉을 수 있는 분위기 있는 커플석도 있어서 커플도 많다.

우리가 안내받은 자리도 커플석이다.

전체적으로 식당 안 분위기 자체는 최고지만——.

'진짜 잘 먹고 잘 마시네.'

체격으로 상상한 대로라고 해야 할까.

처음에 시킨 글라스 샴페인 한 잔을 비운 뒤 추가 주문한 레드 와인 한 병이 벌써 텅 비었다. 나는 각각 한 잔씩만 마신 게 전부다.

그런데 미즈키 씨는 아직도 부족한지, 요리에 맞춰서 화이트 글라스 와인을 주문했다.

참고로 나는 미즈키 씨의 향수 냄새가 거슬려서 식욕이 별로 돋지 않았다.

그래서 억지로 식사하고 있는데——.

미즈키 씨는 추가로 주문한 고기까지 다 먹더니 이렇게 말했다.

"디저트도 주문해도 돼요?"

미즈키 씨가 퐁당 쇼콜라까지 추가로 주문하는 것을 보고 진심으로 놀랐다. 나는 디저트를 사양하고 우롱차를 주문했다.

슬슬 금액이 신경 쓰인 탓도 있지만, 디저트를 먹을 기분이 아니었다.

미즈키 씨가 그 퐁당 쇼콜라까지 단숨에 먹었을 때였다.

"저기 말이에요, 슈 씨……."

나는 몸을 흠칫했다. 미즈키 씨가 나에게 바짝 다가와서는 허벅지를 살며시 쓰다듬었기 때문이다.

이어서 귓가에 대고 야릇하게 속삭인다.

"이다음에…… 어떻게 할 거예요?"

"헉……."

혹시 이거—— 유혹하는 건가?

동요하고 혼란한 내 허벅지에서 사타구니 쪽으로 손을 미끄러뜨리면서 씨름 선수——가 아니라 미즈키 씨가 그 불룩한 부분을 쓰다듬으면서 내 눈동자를 뚫어지게 쳐다봤다.

"……부탁이에요, 요즘 돈 나갈 데가 좀 많아서. 2만 엔, 아니, 본방까지 가고 딸기도 괜찮아요……."

딸기란 문맥상 아마 1만 5천 엔을 말하는 것이리라.

그런 은어가 있다고 만화에서 본 적이 있다.

본방이란 말하자면 마지막까지 하는 것이다.

넣었다 뺐다가 하는 그거다.

즉 그 금액에 하룻밤을 같이 보내자는 말이다.

사방이 그런 호텔로 둘러싸인 이 식당을 고른 것은 처음부터 그럴 속셈—— 즉 매춘 목적이었다는 것일까?

'——그럴 경우, 호텔비는 어떻게 되는 거지?'

'호별'이라는 말은 아직 들은 바가 없다.

호별이란 호텔비는 별도라는 뜻의 은어다.

돈이 없다는 식으로 얘기했으니, 뭐라 할지 알 것 같지만.

아니 그건 그렇고, 1만 5천 엔이라니, 자신을 너무 싸게 파는 것 아닌가? 아니면 미즈키 씨의 외모나 나이라면 적정한 가격인 걸까?

'……갑작스러운 전개에 사고가 이상한 방향으로 튀어 버렸어. 침착하자…….'

자극을 받아 멋대로 커져 버린 내 막대기를 확인하듯이 손바닥을 움직이면서 미즈키 씨가 귓가에 대고 다시 속삭인다.

"봐요, 슈 씨도 하고 싶어서——."

"어, 오빠! 여기서 뭐 해?"

"응……?"

미즈키의 속삭임을 차단하듯 외부에서 들려온 목소리에 나는 얼음이 되어 버렸다.

미즈키도 마찬가지였다. 눈까지 동그랗게 뜨고 있다.

이어서 나는 목소리가 들려온 쪽으로 시선을 향했다. 거기에는 애써 웃는 것처럼 보이지만 그 너머에 분노를 담은 아야세가 있었다.

물론 교복 차림이 아니라 다소 어른스러운 외출복 차림의 아야세다.

"슈 씨, 어떻게 된 거예요? 얘, 진짜 여동생이에요?"

© Shiokoji

내 옷자락을 확 잡아당기면서 묻는 미즈키 씨.

나를 노려보고 있다.

"이건, 그러니까……."

왜냐고 물어도 아야세가 왜 여기 있는지는 나도 모른다.

'여동생은 또 뭔데…….'

뭐가 뭔지 몰라 내가 곤혹스러워하고 있는데 "너, 우리 데이트 방해해서 어쩌려는 거야?!" 하고 미즈키 씨가 소리를 빽 지른다. 눈을 가늘게 뜨고 적의가 담긴 시선으로 아야세를 노려본다.

"데이트? 당신 같은 헤비급하고 우리 오빠가? 웃기지 마."

코웃음 치며 무시하는 아야세. 다시 오빠라고 강조하면서 여동생 포지션을 못 박았다.

"헤비급……?"

미즈키 씨가 얼굴을 일그러뜨리고 발끈해서 목소리를 부들부들 떨더니 게슴츠레한 눈으로 나를 보고 물었다.

"얘 진짜 슈 씨 여동생이에요?"

아무리 생각해도 의심하고 있다.

"그게, 여동생은 여동생인데 사촌 여동생……. 죄송합니다, 잠깐 자리 좀 비울게요. 야, 너 따라와."

"앗, 뭐 하는 거야!"

"그건 내가 할 소리고!"

내가 아야세의 손을 잡고 식당 밖으로 데리고 나가려고

했을 때였다.

"됐어요!" 미즈키 씨가 귀청이 떨어질 정도로 큰 소리로 테이블을 쾅 치면서 말했다.

"잠깐은 개뿔! 그 여자랑 잘 놀아라, 이 시스터 콤플렉스에 로리콘 자식아!"

"뭣……?!"

시스터 콤플렉스에 로리콘이라니——.

"흥, 정곡을 찔린 모양이군. 당신 같은 변태는 인터넷에다 퍼트려 버릴 거야! 잘 가라!"

획 등을 돌리고 쿵쿵 걸어가는 미즈키 씨.

"자, 잠깐만요……! 인터넷에 퍼트리겠다니……."

미즈키 씨를 향해 손을 뻗으며 황급히 쫓아가려고 했을 때였다. 뒤에서 팔을 휙 잡아당겼다.

"저런 여잔 그냥 무시해요."

"인터넷에 퍼트리겠다고 하는데?"

보니 미즈키 씨는 이미 식당에서 나가고 없었다.

가만히 있다가는 익명게시판 같은 곳에 내 신상이 전부 공개될지도 모른다.

그러지 말라고 메시지로 사과하려고 스마트폰을 꺼내 매칭 앱을 켰지만——.

"와, 차단당했어……."

LINE도 모르니 연락할 방도가 없다.

운영자한테 연락할까──.

"일단 앉으세요. 괜히 주목받잖아요."

"아……!"

그 말에 깨달았다.

확실히 종업원들과 다른 손님들의 주목을 받고 있다.

나는 식당 분위기를 해쳐서 미안하다는 뜻으로 고개를 숙이고 창피해하면서 의자에 앉았다.

이어서 아야세가 종업원에게 자리를 바꾸겠다고 말한다. 종업원은 내가 아까까지 미즈키 씨하고 있었던 자리로 음료수를 가지고 왔다.

아야세는 우리와 같은 식당에서 식사하고 있었던 모양이다.

"……네가 무슨 돈이 있어서? 이상한 거 해서 벌고 있는 건 아니겠지?"

나도 모르게 그런 말이 나왔다.

이곳은 평범한 고등학생이 그리 쉽게 들어올 수 있는 식당이 아니다.

안 그래도 옷차림 같은 데도 꽤 돈을 쓰는 느낌이고.

"부모가 방임주의라 용돈을 많이 받거든요."

아야세는 시시하다는 듯이 그렇게 대답하고, 종업원에 가져다준 음료수의 빨대에 입을 댔다.

그건 그렇고, 아야세는 차분해도 너무 차분하다.

상황에 동요하고 있는 내가 바보 같다.

"……퍼트려봤자 SNS나 익명게시판에 유포하는 게 다 잖아요. 『매칭 앱에서 만난 상대가 연하의 사촌 여동생과 사귀는 한심한 로리콘이었던 건』같은."

사진이나 개인정보를 유출하는 것은 만남 사이트의 규약 위반이고, 프라이버시 침해나 명예훼손도 될 수 있다는 것이 아야세의 주장이었다.

"그 여자처럼 TWINS에서 호구를 찾는 사람을 거기서 추방해야죠. SNS나 익명게시판에 유포하면 그때는 개시 청구를 하면 돼요, 개시청구! 재판도 걸고 아예 사회적으로 죽여 버려요! 민사뿐만 아니라 형사도……! 음, 뭔가 설레는데!"

아니, 설레지 마. 변호사비도 장난 아니게 들 거고, 반면에 손해배상은 별로 못 받는다는 얘기도 있고.

배보다 배꼽이 더 클 수도 있다고 전에 TV에서 본 적이 있다.

"그리고 아마 그렇게까지 겁낼 필요도 없을 거예요. 음, 어디 보자……."

아야세는 30초쯤 스마트폰 화면을 손가락으로 넘겨 보더니 이렇게 말했다.

"여기 있다. 이거 보세요."

아야세가 나에게 스마트폰 화면을 보여 준다.

"이, 이건……."

거기에 표시된 것은── 미즈키 씨의 비밀 계정인 듯하다.

벌써 내가 디스당하고 있었다.

아야세가 말한 대로 '매칭 앱에서 만난 상대가 연하의 사촌 여동생과 사귀는 한심한 로리콘 자식이었던 건' 같은 내용이다.

"……그런데 어떻게 네가 미즈키 씨의 계정을 알고 있는 거야? 거기다 사진까지……."

게다가 그것은 비공개 계정 같은 것이다.

"쌤, 여기서 그 여자랑 2시간 정도 같이 있었잖아요? 그동안 전 심심해서 죽을 뻔했거든요. 그래서 시간도 때울 겸 그 여자에 대해서 이것저것 조사해 봤죠. 그러다가 이걸 발견했어요."

"즉 우리를 계속 스토킹하고 있었다?"

거기다 인터넷 스토킹까지 하고 있었던 셈이다.

"스토킹이라뇨. 누가 들으면 오해하겠네. 미행, 아니면 감시, 관찰이라고 해주세요. 드라마나 만화도 아니고 어떻게 우연히 같은 곳에 있겠어요? 말도 안 되죠. 쌤이 집을 나설 때부터 계속 따라다녔어요."

"도대체 왜……."

"마침 오늘 할 일도 없고. 그리고 쌤이 저 아닌 다른 사람하고도 제대로 데이트할 수 있을까 걱정되니까 그랬죠.

그건 그렇고 쌤, 너무 무르시네요. 조금만 더 있었으면 그 씨름 선수 같은 여자한테 완전히 끌려다닐 뻔했어요."

아야세가 불만스럽게 뺨을 부풀리고 말한다.

"어쩌면 같이 잤을 수도? 그런 헤비급 지뢰랑도 그게 되나? 아니면 그런 여자가 취향인가?"

점점 흥분해서 나를 규탄하는 목소리도 커진다.

"그렇게 큰 소리로 그런 말 하지 마……."

다시 주목받으면 어쩌려고. 아야세 너도 그런 지뢰 중 하나다, 라고 말해 주고 싶었지만 물론 입 밖으론 말할 수 없다.

그랬다가는 엄청난 벼락이 떨어질 것이다.

더 심한 말로 비난받을 것이 뻔하다.

그런 뒤 아야세가 음료수를 다 마셨을 때.

우리는 다시 종업원에게 민폐를 끼쳐서 죄송하다고 사과하고 식당을 나왔고—— 그렇게 미즈키 씨와의 매칭은 실패로 끝났다.

나는 집으로 돌아가기 위해 아야세와 역으로 향하기로 했다.

5

'앗……. 그리고 보니 여기 그런 곳이었지…….'

식당을 나옴과 동시에 얼굴이 저절로 굳어졌다.

식사했던 장소는 환락가의 한복판. 사방에 러브호텔이 즐비하다.

시간이 시간인 만큼 주위는 찰싹 달라붙어서 걸어가는 커플뿐이다.

학생과 걸을 장소는 물론 아니다.

아야세도 그것을 깨달은 모양이다.

"올 때는 몰랐는데 여긴 이런 곳이군요. 역시 쌤도 음흉한 생각이었어."

"아니야, 식당도 그 여자가 골랐어⋯⋯. 나도 함정에 빠진 거라고⋯⋯."

"어떻게, 들렀다가 갈래요?"

아야세가 다른 커플들처럼 팔짱을 끼면서 꼭 붙는다.

"야⋯⋯ 지금 뭐 하는——."

가슴이 팔에 닿는다. 미즈키 씨와 다르게 탄력 있는 가슴이다. 동정에게는 자극이 너무 강해서 심장이 미치도록 쿵쾅거린다.

주변 환경 탓도 있으리라.

게다가 좋은 냄새가 코를 자극한다.

미즈키 때의 지독한 향수 냄새랑은 전혀 다르다.

"데이트 연습도 되잖아요? 쌤, 들어가 본 적 있어요?"

"바보 같은 소리 마! 그거 진짜 위험한 발언인 거 알지?"

“참고로 지금은 여성 모임 플랜 같은 것도 있어서, 여자 끼리 들어가서 노래방 기계도 이용할 수 있대요. 쌤도 아 세요?”

“오히려 넌 어떻게 아냐? 들어간 적 있어?”

“쌤은 가 본 적 없구나. 그건 좀 심각한 거 아닌가?”

“왜 들어가 본 적 없다고 단정하는 거야…….”

“하지만 없잖아요? 그럼——.”

“안 들어가. 그리고 너무 달라붙지 마. 누가 보면 진짜 큰일이니까.”

나는 아야세의 팔을 뿌리치고 앞장서서 걸었다.

“잠깐만요, 쌤!”

참고로 주위에는 러브호텔뿐만 아니라 호스트 클럽이며 업소도 많아서 호객꾼들이 호객에 열을 올리고 있다.

얼마 못 가 “거기 오빠” 하고 부르는 사람이 나타났다.

그 직후, 뒤에서 팔이 확 잡아당겨졌다.

“제 일행이거든요.”

팔짱을 끼고 호객꾼에게 생긋 웃음을 날리는 아야세.

그러자 호객꾼은 다른 곳으로 가 버렸다.

이어서 아야세가 나를 보고 의기양양하게 웃으면서 말 했다.

“저 덕분에 살았죠? 감사하세요.”

“고마워.”

"그럼 우리 이렇게 가요♡"

그러고는 내 어깨에 머리를 기대면서 꼭 붙는다.

"이러고 있으면 절대로 호객꾼들이 안 붙을 거고, 저도 호스트한테 붙들리지 않을 거고요. 일석이조. 안심이죠? 이렇게 여자를 지키는 것도 남자로서 중요한 일이라고요♪"

"그건…… 그럴지도 모르지만……."

아야세의 말발에 눌려 그 자세로 3분쯤 걸어서——.

마침내 역에 도착했다.

× × ×

"넌 여기서 타지?"

지하철 개찰구 앞에서 발을 멈춘다. 우리 집이 아니라 아야세의 집으로 가는 제일 빠른 노선의 개찰구 앞이다.

"이대로 쌤 집에 가면 안 돼요? 어차피 잘됐으면 여자를 데리고 갈 생각으로 집도 다 청소해 놨을 거 아니에요? 전혀 문제없잖아요……."

"그런 적 없어……."

나는 시선을 피한다.

"역시 청소했구나. 사쿠란 때도 그랬잖아요."

완전히 바보 취급하면서 코웃음을 친다.

"참고로, 농담이에요."

“뭐……?”

“내일은 친구랑 만나기로 했으니까, 오늘은 이만 헤어지는 걸로. 지금 집에 엄마도 남자도 없는 것 같고. 단, 조건이 하나 있는데—.”

내 입술로 오른손의 검지를 뻗으면서 말한다.

“TWINS에서 매칭되면 앞으로는 저한테 꼭 상담하기. 공략법을 같이 생각해 줄 테니까.”

장난스럽게 웃는 아야세.

TV에서 보는 아이돌이나 여배우 같은 웃음—.

등줄기에 소름이 돋을 정도로 매력적인 웃음이었다.

“그럼♡”

아야세는 100점짜리 미소를 남기고 가볍게 손을 흔들며 사라졌다.

직후, 나는 나도 모르게 쓴웃음을 지었다.

‘저런 애가 여친이면 얼마나 좋을까…….’

그렇게 생각한 것은 아야세의 모습이 과거에 사귀었던 여성의 웃음과 겹쳐 보인 탓이다.

‘—내가 지금 무슨 생각을 하는 거야…….’

고개를 좌우로 세차게 저어 생각을 떨쳐 버린다.

그러나 아야세가 농담이라고 했을 때 조금 아쉬운 마음이 드는 내가 있었다. 왜 그런 생각이 든 건지—.

‘내가 정말 어떻게 됐나 보다…….’

앞으로 이런 생각을 하지 않기 위해서라도 오늘 일을 철저하게 반성하고 또 반영해서 다음부터 더 잘하자.

아야세랑 상담하는 일은──.

'그러면 오늘처럼 감시라는 명목으로 스토킹하겠지…….'

상대와 상황을 고려해서 정하기로 했다.

비밀로 하면 아야세가 화를 낼지도 모르지만.

잘만 하면 그렇게 해도 되겠지.

나는 자신에게 그렇게 말했다.

6

미즈키 씨와 그런 일이 있고 약 한 달이 지났다──.

나는 여전히 TWINS에서 애인을 찾고 있다.

그 이후로 평일 방과 후에도 어떻게든 시간을 만들어 3명과 더 데이트했지만, 첫 번째 데이트를 성공리에 마쳤다고 생각했던 두 사람에게, 두 번째 데이트에서 보험을 팔거나 종교 권유를 받았다. 즉 연애 영업이었다.

「나도 그런 적 있어. 귀금속 판매도. 처음엔 굉장히 친절해서 이번엔 잘되겠다 싶을 때 당하면 충격이 더하지. 그래서, 끝까지 간 여자 있냐?」

연락 상대는 스승인 하카마다다. 매칭 앱으로 결혼 활동은 잘 되어가는지 묻길래 지금까지 매칭된 상대에 대해서 이야기하고 있었다.

"아무하고도 안 했어. 전부 거절했어."

그러나 종교인으로부터는 「당신의 행복을 기도하겠습니다」라는 메시지가 매일 오고 있다. 무서워서 차단도 못 했다. 슬슬 스팸 신고를 하는 게 좋을 것 같다.

「간혹 육체관계를 맺어서 거절하지 못하게 만든 다음에 영업하는 사람도 있다고 들은 적 있는데, 거기까지는 안 갔다는 거군.」

"그렇지, 아직은."

전부 아야세한테 감시당하고 있으니, 그런 관계로 발전할 리가 없다.

"전 둘 다 처음부터 의심스러웠어요. 그렇게 인기 많을 것 같은 미인이 둘씩이나 쌤한테 접근할 리 없으니까요. 제가 뭐랬어요, 틀림없이 무슨 꿍꿍이가 있을 것 같다고 했잖아요?"

이것이 아야세의 총평이었다.

"하지만 네가 인기 많아지도록 꾸민 거잖아."

"아무리 그래도 그렇죠. 아니 둘 다 보통이라면 진작 결혼했을 것 같은 느낌이었잖아요. 지금 미혼 상태면 무슨 하자가 있는 게 틀림없다고 제가 그랬잖아요. 저도 그런 센스 정도는 있다고요."

확실히 아야세가 그런 말을 하긴 했지만——.

"그보다 더 위험한 게 있었어……."

「뭐냐, 혹시 저지르고 무슨 문제가 생긴 거야? 민사? 형사?」

"그런 거 아니야. 오히려 그런 용기는 없었지……."

「그러면 뭐가 위험한데? 할 뻔했다는 이야기? 혹시 미성년자랑?!」

"뭐? 아, 그게…… 그런 게 아니라. 아니, 교사가 그런 농담 하지 마라."

미성년자라는 말에 순간 아야세가 뇌리를 스쳐서 심장이 덜컥 내려앉았다.

하지만 그런 것은 아니다.

말할까 말까 망설였지만, 하카마다라면 괜찮을 것이다.

참고로 아야세에게도 자세한 내용은 말하지 않은 이야기다. 그날 아야세는 볼일이 있어서 감시할 수 없었기 때문에, 잘되지 않았다는 것만 보고했다.

그 상대는 젊은 여성으로, 일단 카페에서 만나자고 먼저 제안했다.

겉모습은 다소 어두웠다. 직업은 회사원이라고 했다. 나이는 나와 동갑. 얌전하고 내성적인 것 같지만 얼굴은 꽤 귀여웠다. 애니메이션과 게임도 좋아한다고 했다.

다소 취향하고는 다르지만, 그럭저럭 나랑 맞을 것 같은 상대라고 생각했는데——. 식당에서 나란히 앉아 식사하면서 살짝 분위기가 좋아졌을 때였다.

"저기…… 깊은 대화를 나누기 전에 하나 물어보고 싶은 게 있는데요……. 이런 거 관심 있으세요?"

이렇게 말하며 스마트폰을 내게 보여 줬는데, 나는 화면을 보자마자 얼굴이 확 달아올랐다.

검은 줄로 눈을 가리긴 했지만, 약 10명의 남녀가 나체로 서로 엉켜 있는 사진이었다.

'이거 난교 파티 같은 거 아니야?'

내가 당황하자, 눈앞의 여성이 물었다.

"남자는 참가비 2만 엔인데……. 관심 있으시면, 어떠세요? 아, 처음에는 제가 내드릴게요. 마음에 드는 상대를 데리고 와도 된다고 했거든요…… 후후후."

"아, 그게, 그러니까……."

마음에 드는 상대라는 말이 진심이라면 기쁘지만…….

"그런 데…… 참가하세요?"

상대는 얼굴을 빨갛게 물들이고 민망해하면서도 고개를 끄덕였다.

'맙소사, 이렇게 얌전해 보이는 여자가…….'

너무나도 충격적이다.

전혀 그렇게 보이지 않는다.

"원래 파트너가 갑자기 사라져서요. 그래서 새 파트너를 구하는 중이거든요……."

"죄, 죄송합니다. 이런 건 좀……."

동정에게는 너무 자극적이다.

……아니, 잘은 몰라도 이거 범죄 아닌가?

"죄송해요. 보통은 안 되겠죠…… 이런 거. 참가자 중에 교사도 많아서 아까 교사라고 하시길래 혹시나 했는데……."

"아, 그게……."

'교사는 변태'라는 생각은 버려 주었으면 하는데…….

대체 어느 학교 교사가?

들통나면 면직 아니야?

"그럼 이 건은 잊어 주세요. 그러면 저랑만 하는 건……?"

"네?"

여전히 고개를 숙인 채 부끄러운 듯 뺨을 붉히고 있는 여성. 이어서 그녀가 다시 스마트폰을 보여 주었다.

"이런 취미는 싫으세요?"

나는 스마트폰에 표시된 사진을 보고 다시 경악하고 말았다. 그것은 밧줄 같은 것으로 결박당한 눈앞의 여성의 나체 사진이었기 때문이다.

"이런 것도, 있어요……."

사진을 넘기자, 다음에는 온몸에 구속구를 장착한 눈앞

의 여성으로 보이는 사진이 표시된다.

'이게 SM 플레이라는 건가…….'

식겁하는 나에게 눈앞의 여성이 달뜬 표정으로 계속 말한다.

"저 이런 것도 좋아하는데…… 하악하악…… 당신처럼 다정하고 성실한 안경남―― 네, 보기와는 다르게 실은 짐승 같은 안경남한테 채찍으로 맞는 거, 엄청 흥분되고…… 너무 좋아요……."

「으하하하하하하하하하, 그래서 그 여자 어떻게 됐어?」

"당연히 거절했지! 특이해도 너무 특이하잖아!"

매우 유감이지만 어쩔 수 없다. 내가 쫓아갈 수 있는 세계가 아닐 것 같았고, 지금 내가 여성에게 추구하고 있는 것도 아니었기 때문이다.

「나도 뚜쟁이 같은 여자한테 비슷한 일을 당했지. 이런 여자를 소개해 줄 수 있다면서 스마트폰으로 여러 여자의 사진도 보여 주고, 2차원이 좋으면 코스프레가 가능한 여자도 있다나…….」

"했냐?"

「무서워서 못 했지. 엄청 어린 여자도 있다길래 좀 혹했는데 역시 못 건드리겠더라고.」

"TWINS는 결혼 활동용이라 그런 위험한 건 별로 없다는 글도 꽤 여러 곳에서 봤는데 말이야. 너도 비슷하게 말했었잖아."

「어디까지나 별로 없다는 거지 아예 없다는 건 아니야. 다른 앱도 몇 개 써 봤는데, 위험한 데는 위험한 것밖에 없었어.」

하카마다는 웃음을 멈추지 않는다.

「그런데 듣자니, 꾸준히 만나는 상대는 아직 한 명도 없는 모양인데?」

그 말을 들은 직후, 다시 머릿속에 떠오르는 것은 아야세다.

그녀에 대해서는 아직 하카마다에게 하지 않았기에 나는 이렇게 대답했다.

"……그런 셈이지."

애초에 그녀는 그런 상대가 아니라 어디까지나 내 학생이다.

그러니 말할 필요는 없으리라.

「그래? 나도 처음에는 그랬으니까. 하지만 곧 좋은 상대를 찾을 수 있을 거야. 그럼 다음 달쯤에 같이 한잔하자. 야나도 같이.」

그렇게 통화가 끝나고 전화를 끊었을 때였다.

스마트폰이 부르르 진동했다.

TWINS에서 온 알림이다.

'MYU♡'님으로부터 「좋아요!」를 받았다는 것이다.

'이 타이밍에……?'

조만간 괜찮은 상대가 나타날 거라는 하카마다의 말이 떠오른다.

'이게 운명의 만남이라는 것이면 좋겠는데.'

이렇게 생각하면서 MYU♡ 씨의 페이지를 연 것과 동시에.

"응……?"

벼락에 맞았다는 게 이런 걸까 싶을 정도의 충격이 내 전신을 훑고 지나갔다.

'MYU♡' 씨의 프로필은 본 기억이 있었다.

외모는 상당히 어른스럽고 머리카락도 짧아졌지만, 그 것은 중학교 시절에 사귀었던 여성. 이따금 어딘지 아야세 와 겹쳐 보일 때가 있는 내 전 여친—— 사가라 미유였다.

『첫사랑은 남자의 일생을 좌우한다.』

-앙드레 모루아

1

「TWINS에서 누가 말을 걸어오면 알릴 것. 그때는 같이 공략법을 생각할 테니까.」

아야세가 이렇게 말했었기 때문에 지금까지는 기본적으로 그렇게 했었다.

하지만 상대는 옛날에 알던 사이. 그것도 전 여친으로부터의 연락이다.

말할지 말지 망설여졌다.

상대가 대체 무슨 생각을 하고 있는지 알 수 없다.

같은 여자라면 뭔가 알 수 있을까?

말할 것이냐 말 것이냐—— 계속 망설이던 다음 날 점심 시간. 도서관 PC 앞에서 사서 교사의 업무를 하고 있을 때였다.

"쌤, 저한테 뭐 숨기는 거 있죠?"

옆에 있던 문학소녀 스타일의 아야세가 대뜸 그런 질문을 했다. 최근 그녀는 이렇게 내가 도서관에 있을 때마다

찾아온다.

점심시간 직후에는 도서관을 찾는 사람이 별로 없기 때문이리라. 교내라도 이곳에서라면 무슨 얘기든 할 수 있다고 생각하는 것이 틀림없다.

태도도 교실과는 다르다.

원래의 아야세다.

"아니……. 그런 거 없는데."

동요하면서도 얼버무리려 하지만 아야세는 코웃음을 쳤다.

"뭐야 그 웃음은."

"저한테 숨겨 봤자 소용없어요. 쌤에 관해서라면 전부 꿰뚫고 있으니까. 분명히 뭔가 숨기고 있어요. 어때요? 정답이죠!"

"……."

정답이긴 하지만.

물론 그 숨기고 있는 것이란 전 여친한테서 TWINS를 통해 연락이 왔다는 것이다.

아야세에게 말할 것인지 말 것인지 아직 결론을 내리지 못했다.

그러나 아야세는 똑똑한 학생이다. 어설프게 말했다가는 절대 대충 넘어가지 않고 끝까지 추궁할 것이 분명하다.

숨겼다는 걸 의심하는 시점에서 솔직히 털어놓을 수밖

에 없다.

"어서 말해 봐요. 얼른요."

"하지 마, 저리 가!"

다가와서 내 목에 락을 거는 아야세. 그 문학소녀 스타일의 외모로 할 짓이 아니다. 말랑한 가슴이 내 등에 지그시 닿는다——.

"알았어, 알았다고. 다 얘기할 테니까 떨어져."

이런 말로 아야세를 떼어내고 말한다.

"실은, TWINS로 전 여친한테서 연락이 왔어……."

"네……?"

그것은 '지금 뭐라는 거야?' 하는 표정이었다.

"농담하라고는 안 했는데?"

뚱한 표정으로 말하는 아야세.

하지만 농담도 뭣도 아니다.

"농담 아니야. 중학교 때 사귀었던 여자한테서 왔어."

"음…… 어떤 사람인데요? 사진 보여줘 봐요. 쌤한테 중학교 때 여친이 있었다는 얘기 자체를 처음 듣는데. 실존 인물인지, 어떤 여자인지 확인해야겠어요."

"그건 좀……."

"왜 사생활 침해라는 반응이죠?!"

"사생활 침해니까."

"흐음…… 숨기시겠다? 알았어요. 이번에는 저한테 상담하지 않는 걸로. 그렇다면 저한테도 생각이 있죠.”

“무슨 생각……?”

“쌤이 전 여친하고 데이트하게 되면 쌤을 미행해서 그 데이트 중에 어떤 상대인지 확인하면 되죠. 저도 전 여친이라고 말하고 상대의 반응을 보는 거예요. 그 반응을 보고 상대가 지금 쌤을 어떻게 생각하는지 확인해서…….”

“그만! 지금 보여 주면 되잖아!”

옛날 사진은 갖고 있지 않으므로 TWINS에 등록된 사진을 보여줬다.

이 상황에서는 그렇게 하는 수밖에 없고, 실제로 뭔가 조언이 필요한 것은 사실이다. 맨주먹으로 싸우기에는 벅찬 상대임은 틀림없다.

“이 사람이야.”

“어디…… 엥……?”

아야세는 스마트폰에 표시된 사진을 보고 얼음이 된다.

해동까지 걸린 5초 정도가 걸렸다.

“아니, 농담하지 말고요.”

제일 먼저 뱉은 말.

“아무리 중학생 때였어도 그렇지, 이렇게 예쁜 사람이 쌤의 전 여친? 마, 말도 안 돼…….”

“뭐 반응은 이해한다만.”

하하, 웃을 수밖에 없다. 나도 아야세의 말에 동의하기 때문이다.

중학생 때도 미인이었지만, 지금도 그 인상은 전혀 변하지 않았다. 더 예뻐졌나 싶은 정도다.

"어떻게 이런 사람하고 사귀었어요? 설명하세요!"

"뭘 설명을……."

내가 사가라와 어떻게 사귀었고 어떻게 헤어졌는지——사실 그런 전제가 없으면 어드바이스도 어려워지리라.

그래서 나는 설명하기 시작했다.

벌써 10년 전 얘기다.

2

초등학생 때, 2차원의 미소녀를 동경한 적이 있었다. 반에서 인기 있는 여자애, 쾌활하고 활발하며 성격 좋고 귀여운 캐릭터들 말이다.

하지만 진짜 '사랑'은 중학생 때였다.

사가라가 처음이었던 것 같다.

학원을 마치고 돌아오는 길에 책방에서 사가라와 우연히 마주친 적이 있다. 그것이 우리가 친해진 계기였다.

"키자키, 여기서 뭐 해?"

"너야말로 뭐 해?"

사가라는 반에서 인기가 좋고, 특히 남학생들에게는 동

경의 대상이었다.

그것은 지극히 평범한 중학생이었던 나도 마찬가지였다.

늘 반짝이는 사가라는 동경 그 자체.

그런 만큼 두근거렸고, 분명 그 당시 나는 행동거지가 의심스러웠을 것이다.

"나, 나는 학원이 끝나서 집에 가는 길인데…… 사가라 너는?"

"난 피아노 학원을 마치고 돌아가는 길. 똑같네."

"피아노를…… 좋아해?"

"안 좋아해. 부모님이 억지로 시키는 거야."

"아, 미안. 그렇구나."

"키자키는 학원이 좋아서 다녀?"

"……좋은 게 아니라, 공부를 더 해야 하니까."

"응? 왜? 좋은 고등학교에 가고 싶어서?"

"뭐 말하자면 그런 거지……."

사가라와 말을 나누게 돼서 흥분했던 것인지, 나는 사가라에게 내가 다녔던 초등학교 때의 이야기를 하기 시작했다.

내가 다녔던 곳은 사가라와는 다른 학군에 있는 일반적인 공립 초등학교였고, 거기에 존경하는 선생님이 계셨다는 것.

운동을 못하고, 공부도 그냥저냥 했고, 만화나 소설을 읽는 정도밖에 취미가 없어서 친구도 별로 없고 늘 혼자였다.

그런 나에게 말을 걸어준 것이 그 선생님이다.

——나도 옛날에는 그런 아이였단다.

——그러니까 지금도 괜찮아.

——어른이 될수록 그걸 인정해 줄 사람이 나타날 거야.

——나도 그랬어.

——세상에는 다양한 사람이 있단다.

——그게 개성이야.

그런 선생님의 말씀에 큰 용기를 얻었다.

나는 사가라에게 내 부정적인 부분에 대한 이야기는 쏙 빼고 말했다. 존경하고 동경하는 선생님이 다녔던 초등학교에서 나도 선생님이 되고 싶다고 생각했다고.

"그래서 나도 그런 선생님이 되고 싶어졌어. 그렇다면 많이 공부해서 좋은 고등학교에——그 선생님이 나온 학교에 가는 게 좋을 것 같아서."

그 고등학교는 현 내 공립학교 중 3등 안에 드는 진학교라 쉽게 들어갈 수 없다.

"아, 그렇구나."

사가라가 방긋 웃으며 말했다.

"꿈이 있다니, 대단하다."

꿈——.

그런 말을 듣기 전에는 생각해 본 적도 없었다.

꿈이라고 하면 연예인이나 스포츠 선수, 만화가, 스트

리머, 게임 크리에이터 같이 화려한 게 먼저 떠오르기 때문이다.

"우리 반에 그런 명확한 꿈이 있는 사람은 너 말고는 없을 거야. 정말 대단해. 난 되고 싶은 게 없는데……. 아참. 곧 기말고사지? 괜찮으면 공부 가르쳐 주지 않을래?"

"내가……?"

"나 성적 별로 안 좋거든──. 선생님이 꿈이니까 예행연습이라고 생각하고, 응?"

부탁한다며 가슴 앞에서 두 손을 포개는 사가라.

생각지도 못한 전개였다. 동경하는 사람과 이런 식으로 친해질 줄이야── 이렇게 사가라와 단둘이 공부하는 시간을 손에 넣었다.

그리고 같이 도서관도 가고 카페도 가고 하던 어느 날 저녁. 도서관에서 나와 둘이 집으로 걸어가고 있었을 때다.

갑자기 사가라가 손을 잡더니 손가락으로 깍지를 꼈다.

너무 갑작스럽기도 하고 쑥스럽기도 해서 나는 그만 손을 빼고 말았다.

"아, 미안……. 놀랐어?"

서운한 표정으로 묻는 사가라.

나는 황급히 대답했다.

"내가 더 미안……. 하지만 이런 건, 그…… 그러니까."

"연인이 하는 거라고?"

내가 하려던 말을 대신 하는 사가라.

이어서 사가라는 애매한 미소를 지었다.

"키자키는 우리가 아직 연인이 아니라고 생각해?"

사가라의 그 말이 우리가 정식으로 연인이 된 계기였다.

참고로 그때 나는 인생에서 첫 번째 키스—— 퍼스트 키스를 했지만, 그건 아야세에게 말하기 부끄러워서 그만두었다.

그로부터 몇 달 동안 우리는 서로 학원을 마치고 만나기도 하고, 휴일에 데이트도 몇 번 했다.

하지만 입시를 위한 학원 수업과 휴일에 있는 모의고사로 바빠서 점차 만나는 횟수가 줄면서 거리가 멀어지기도 하는 등 여러 가지가 겹쳐서——.

"그대로 자연 소멸했다고요? 왜 솔직하게 말 안 했어요?"

"그냥 미안해서……. 내가 싫어졌나 생각했어. 그래서 용기가 안 나더라고……."

"어차피 헤어질 거면 솔직하게 얘기했어야죠. 그게 뭐람."

맞는 말이지만, 지금 생각해 보면 헤어지자는 말을 듣는 것이 무서웠다. 즉 겁쟁이였다. 상처받는 것도 무서웠다. 그것 때문에 공부에 지장이 생기지는 않을까 하는 생각도 있었다.

나는 현상 유지를 기대하며 연애로부터 도망친 것이다.

그럴싸하게 말하자면, 꿈에 취했다고 할 수 있을지도 모른다.

"그래서 그 이후로는 줄곧 연락 안 한 거예요? 그런데 갑자기 연락이 왔어요?"

"그런 거지."

"그거 100% 속이는 거예요! 전에 있었던 종교 권유나 보험 권유랑 같은 거라고요! 옛날에 같은 반이었던 사람한테 말을 거는 경우도 많대요. 아니면 피라미드 사기거나! 틀림없어요!"

"사가라가 그럴 리가……."

"전 여친이라고 편드는 거예요? 그거 속기 딱 좋은 건데. 정신 차리고 보면 쌤이 그 여자한테 속아서 테러리스트가 돼서 정부 전복을 꾀하고 있을지도!"

"아무리 속아도 그렇게는 아니겠지."

"그래서 언제 만나요? 이번 주? 다음 주?"

"2주 뒤 일요일인데……."

"그러면 그때까지 그 여자에 대해서 제가 조사해 놓을게요. 시간은 별로 없지만 어떻게든 해내겠습니다!"

"……진심이야?"

"쌤이 매칭됐다면 잘되도록 돕는 게 제 목적이니까요. 혹시 수상한 활동을 하는 걸 발견할지도 모르고!"

"그러니까, 그런 일은 없다니까……."

그러나 이렇게 된 이상 말려도 듣지 않는 것이 아야세다.

게다가 정보를 알고 싶은 것도 솔직한 심정이다.

지금의 사가라가 어떤 사람인지 조금이라도 알 수 있다면 대화도 하기 쉬울 것이다.

직접 만났을 때 긴장이 조금은 풀릴 것이다.

"단, 절대로 이상한 짓은 하지 마. 직접 말을 거는 것도 금지야."

"저도 알아요. 이것도 쌤을 위한 일이니까."

뭔가 내 학생을 이용하는 것은 껄끄럽지만 아야세의 행동은 나로서는 손해 볼 것 없는 형태이긴 하다.

그래서 감사한 마음으로 부탁하기로 했다.

'그런데 이거 혹시 내가 사가라한테 강한 호감이 있다는 뜻인가——.'

그보다는 미련이 있는 건지도 모른다.

"그건 그렇고, 쌤. 남자는 과거에 좋아했던 여자를 쉽게 잊지 못한다는데 정말이에요?"

"응······? 그건 사람마다 다르지 않을까?"

다소 당황하며 대답한다.

어떻게 그걸 눈치챘을까?

"음······. 첫사랑은 저주예요, 쌤."

"무슨 말이야?"

"전에 읽은 책에 그렇게 쓰여 있었어요. 첫사랑의 환상을 계속 좇는다고. 첫사랑만이 진짜 사랑. 첫사랑은 남자의 인생을 좌우한다고."

그때 문이 열리더니 도서관에 다른 학생이 들어왔다.

아야세와의 대화도 이것으로 끝났다.

"재미있는 이야기를 하려고 했는데 어쩔 수 없네요. 그럼 쌤, 보고 기대하세요♡"

아야세는 내 귓가에 입을 바짝 대고 작은 목소리로 이런 말을 남기고 도서관을 나갔다.

'……첫사랑은 저주라…….'

머릿속에서 리플레이되는 말.

듣고 보니 확실히 그럴지도 모른다.

'그 이후로 사가라랑 조금만 닮아도 생각나곤 했으니까.'

눈앞의 여성에 대해서도, 애니메이션이나 만화의 캐릭터에 대해서도, 그것은 야한 비디오를 볼 때도 그랬다.

애초에 내가 진짜 사랑을 한 건 사가라가 처음이자 마지막이었으니까──.

그렇기에 지금껏 사가라에게 미련이 남은 건지도 모른다.

그러고 보니 첫사랑은 남자의 일생을 좌우한다는 말도 들은 적이 있다.

'그런데…….'

대체 아야세는 어떤 식으로 어디까지 조사를 한다는 걸까?

역시 몹시 불안해졌다.

3

조사 보고 시간이에요!

아야세로부터 그런 메시지가 도착한 것은 아야세가 내 전 여친인 사가라 미유의 정보를 조사하기 시작한 지 일주일 남짓이 지난 토요일 오후였다.
사가라와의 데이트 전날이기도 하다.
기한 직전까지 조사했다는 건가?
아니면 기브 업인가?

지금 쌤한테 갈게요.

이어서 도착한 메시지는 허락을 구하는 게 아니라 일방적인 통보였다. 나는 한숨을 푹 내쉬었다. 오늘은 아무 일정도 없긴 하지만.
'아야세다운 짓이지만, 이런 것에 익숙해지다니, 나도 어떻게 됐어.'
게다가 아야세는 내 학생이니 본래라면 집에 들여서 대화를 나눌 상대도 아니다. 더구나 그 내용이 내 연애 상담이라니——.

그런데 대체 어떤 조사를 했을까? 어떤 보고를 해올까? 하는 생각에 두근대면서 기다리고 있는데 한 시간쯤 지나서 띵동, 하고 초인종이 울렸다.

내가 문을 열자, 아야세가 서 있었다.

무척 어두운 표정이었다.

"쌤……."

"왜, 왜 그래……?"

평소와 다른 태도에 경계하게 된다.

"좋은 소식과 나쁜 소식이 있는데 뭐부터 들으실래요?"

진지한 눈빛으로 진지하게 묻는다.

"그, 그거, 나쁜 소식도 있다는 뜻이야……?"

"으흐흐~☆"

겁먹은 나를 보고 음흉한 미소를 짓는 아야세.

"지금 심쿵했죠? 학교에서도 절 보면 심장이 벌렁거리고 미치도록 신경 쓰는 건 알고 있었지만 말이에요."

신경 쓰였던 건 사실이지만, 나를 그런 식으로 보고 있었을 줄이야.

"그 태도를 보아하니 지금 그 말은 농담이라고 해석해도 되겠군."

"아니요, 좋은 소식도 있고 나쁜 소식도 있는 건 사실이에요. 얼른 들어보세요."

아야세는 그렇게 말하고 집 안으로 들어오더니 평소처

럼 낮은 테이블 앞에 앉았다. 나도 그 정면에 앉았다.

"어떤 거부터 들을지 정했어요?"

"아니……."

"그럼 나쁜 소식부터. 그걸 듣고 쌤이 어떻게 생각할지가 제일 중요하니까. 이거 보세요."

아야세가 내미는 스마트폰으로 시선을 향한다.

거기에는 40세부터 50세 사이의 중년 남성과 나란히 걷고 있는 젊은 여자의 사진이 찍혀 있었다.

"이거——."

"보시다시피, 사가라 미유예요."

손가락으로 확대하자 그 얼굴이 클로즈업된다.

'————!!'

그 사진의 여성은 틀림없이 현재의 사가라다.

TWINS에서 본 사진과 똑같은 얼굴이다.

"또 한 장 있어요."

다음 사진은 젊은 남자와 같이 식사하는 사진이었다.

그 사진도 여성은 틀림없이 사가라다.

"보시다시피 그 여자는 매칭 앱으로 여러 남자한테 연애영업을 하거나 신나게 놀고 있는 거라고요!"

"에이 설마……."

"틀림없이 할 거 다 하는 거라니까요! 돈 많은 호구를 노리는 거거나 헤픈 여자가 분명해요!"

“증거는 있어?”

호텔에 간 것은 물론 종교 권유나 보험 권유를 했다면 그 증거 사진이나 음성이라도 확보했으리라.

“그건…….”

“없다면 나처럼 매칭 앱으로 결혼 상대를 찾는 거겠지.”

“그렇다 하기엔 첫 번째 사진은 나이 차이가 너무 나잖아요!”

“연상을 좋아할 수도 있지…….”

“그럼 왜 쌤한테 연락한 건데요?”

“그건…… 옛날 생각이 나서?”

“네?”

눈을 게슴츠레 뜨고 어이없다는 표정을 짓는다.

“게다가 그 남자가 단순히 직장 관계자라든가 친척이라든가 부모일 가능성도 있잖아? 팔짱을 낀 것도 아닌데 연애 영업이라느니, 노는 여자라느니 하는 건 좀…….”

“으으으, 그렇긴 하지만 친근하게 대화하고 있었고, 식사 분위기도……. 뭐 이걸 보고도 아무렇지도 않다면 됐어요. 다음은 쌤한테 좋은 소식이니까. 전 여친한테는 나쁜 소식일지도 모르지만.”

“?”

무슨 뜻인지 통 모르겠다.

“듣고 싶으면 어깨 좀 주물러 봐요. 이건 진짜 엄청난 정보거든요. 잘하면 쌤은 영웅이 될 수 있어요.”

“무슨 소리야?”

정말 무슨 소린지 모르겠다.

“듣고 싶으면 빨리 어깨 주물러요. 여자는 어깨가 잘 뭉치거든요. 가슴이 무거워서.”

“어휴…….”

이 녀석은 선생님한테 못 하는 말이 없구나, 하고 생각하면서 나는 카펫 위에 앉아 있는 아야세의 등 뒤에 서서 어깨를 주무르기 시작했다.

‘내가 왜 이런 짓을…….’

보통 마사지를 받을 사람은 연상인 나—— 교사인 내가 아닌가 하는 생각이 든다. 초등학교 정도까지만 그런가?

“쌤, 어깨 주물러 드릴게요!” 하고 천진난만하게 웃으면서 다가오는 초등학생 나이의 아야세를 상상해 버렸다.

분명 엄청 귀엽겠지.

하지만 현실은.

“하아……♡ 학……♡ 으으음……♡”

“왜 자꾸 이상한 소리를 내?!”

“네? 왜요? 쌤의 마사지가 기분 좋아서 그러는데 무슨 문제라도?”

“이거 봐라? 너, 일부러지?”

“뭐든 익숙해지는 게 중요하잖아요? 어서 주무르기나

하세요.”

“주무르라니…….”

“앗, 지금 야한 거 생각했죠? 뒤에서 가슴 훔쳐봤어요? 아까 가슴 얘기해서 신경 쓰여요?”

“헛소리 그만하고, 그 일발역전의 정보나 말해.”

나는 빨리 말하라고 압력을 가하듯이 다시 어깨를 주물렀다.

“아, 아파요! 아프다고요! 가르쳐 줄 테니까 좀 더 부드럽게!”

“그럼 빨리 말해.”

“그게요, 저 말고도 그 여자를 미행하는 사람이 있더라고요. 잠깐만요.”

아야세는 나에게서 떨어져 스마트폰을 집어 들더니, 얼마 뒤 화면을 내게 보여줬다.

“보세요, 수상하죠?”

“……확실히 수상하네.”

신장은 나와 비슷한 170 정도이고, 모자를 깊이 눌러쓰고 있다.

“틀림없이 칼로 찌르려는 거예요. 스토커가 분명해요. 쌤 전 여친이 그만한 원한을 살 짓을 했다는 거죠.”

“불길한 소리 하지 마.”

“쌤도 그 여자한테 속거나 차여서 이렇게 되지 않게 조심하세요."

"사가라는 그런 짓 할 리 없고, 나도 그렇게 안 돼."

내가 그렇게까지 타인에게 집착하고 행동력이 있는 사람이었으면, 지금까지도 분명 찬스가──사가라와 같이 보낸 중학교 시절에도 다른 전개나 미래가 펼쳐졌을 것이다.

"혹시 데이트 중에 이 사람을 보게 된다면 한번 물어보세요. 어쩌면 진짜로 쌤, 영웅이 될지도 모르니까요."

"음……."

과연 그렇게 될까?

하지만 이 수상한 녀석.

정말 대체 누구일까?

4

돌아온 전 여친.

사가라 미유와의 데이트 날.

조금 일찍 가까운 역으로 가서 어슬렁어슬렁 시간을 보내다가 화장실에서 볼일을 마치고 (거기서 머리 모양과 옷 매무새도 만지고) 10분 전에 약속 장소인 카페 앞에 도착했을 때, MYU♡ 곧 사가라한테서 메시지가 왔다.

미안……<(__)>
5분 정도 늦을 것 같아.
먼저 들어가 있어.

이런 내용이었다.

알았어.

나는 이렇게 답장을 보내고 카페에 들어가기로 했다.
쇼와 시대의 분위기가 남아 있는 오래된 서양식 카페.
사가라는 메시지로 예약은 불가고 휴일이라 금방 들어
갈 수 없을지도 모른다고 했지만, 내 앞에 줄을 선 사람은
한 커플뿐이었다.
사전에 사진을 검색해 봤을 때는 내부가 상당히 넓었고
자리도 꽤 많았다—— 그래서 그런지 앞의 커플에 이어서
나도 금방 들어갈 수 있었다.
종업원에게 일행이 한 명 더 올 거라고 말하자 창가의 2
인석으로 안내해 주었다. 나는 사가라에게 어디에 앉았다
는 메시지를 보냈다.
그리고 메뉴도 보고 물도 마시면서 시간을 보냈다.
긴장 때문에 갈증이 난다.
물이 빠르게 줄어드는 가운데 5분이 지났다.

슬슬 올 때가 됐는데, 하고 주위를 두리번거리다가 한 여성에게 시선을 빼앗겼다.

마지막으로 직접 모습을 본 것은 성인식 날이다.

그때는 왠지 어색해서 말도 건네지 못했다.

그로부터 5년 가까이가 흘렀다.

머리카락도 짧아지고 분위기도 좀 더 어른스러워져서 거리에서 순간 스친 정도였다면 사가라인 줄 몰라봤을 것이다.

하지만 지금 눈앞에 있는 것은 틀림없는 사가라였다──.

시선이 겹친다.

"여기 있었네."

그것이 10년 만에 들은 목소리다.

"……오랜만이야."

"응."

긴장해서 목소리가 떨리는 나를 향해 방긋 웃는 사가라.

그리고 내 눈앞에 있는 의자에 앉았다.

'정말 어른스러워졌네.'

눈앞에 앉은 사가라를 보고 새삼 그런 생각이 들었다.

"금방 알아봤어. 슈는 하나도 안 변해서."

슈── 예전과 똑같은 호칭에 심장이 떨린 순간, 종업원이 물과 메뉴를 가지고 왔다.

"……먼저 봐."

테이블 위에 놓인 메뉴를 사가라에게 먼저 내민다.

레이디 퍼스트.

이런 사소한 배려도 상대에게 좋은 인상을 주는 데 중요하다고 아야세가 가르쳐 주었다.

"난 홍차로 할게. 이 후르츠 티로. 슈는 뭐로 할래?"

"나도 홍차로."

맛있어 보이길래 같은 걸로 했다.

물론 손을 들어 종업원을 불러서 주문하는 것도 나다.

——주문 완료.

이제부터 저녁 식사 예약 시간까지 이곳에서 마주 앉아 사가라와 1:1로 대화를 나누게 된다.

먼저 무슨 이야기를 꺼내야 할까?

대전격투 게임의 시합 개시 직후, 프로게이머를 상대하는 일반 플레이어는 틀림없이 이런 기분이리라. 긴장한 나머지 꽉 쥔 주먹에 땀이 맺힐 것만 같다.

"정말 놀랐어. 슈가 TWINS에 등록했을 줄이야."

눈치만 보면서 굳어 있는 나에게 사가라가 선제공격을 해 왔다.

별안간에 한 방 맞은 기분이다.

"으음, 대학 동기한테 권유받아서……."

대답하면서도 저절로 물컵으로 입이 간다.

"혹시 긴장했어?"

갑작스러운 질문에 심장이 덜컥 내려앉았다.

"손이 떨리고 있는데."

"아……."

그제야 손이 떨리고 있다는 것을 깨달았다.

누가 봐도 긴장한 모습이다.

"정말이지 옛날하고 변한 게 없구나. 외모는 어엿한 선생님이지만."

"그, 그래……?"

"그때보다 패션 센스도 좋아졌어."

"아, 응, 그건, 그게…… 고마워."

당시는 부모님이 사 주시는 옷만 대충 입고 다녔는데, 지금 생각해 보면 엄청나게 촌스러웠다.

사가라도 용케 나 같은 놈하고 사귀었다 싶다.

나는 대답 대신 쓴웃음을 지었다.

'지금도 제자가 골라 준 옷을 입고 있지만…….'

당시 사가라는 어땠지?

그때는 정말 옷 같은 건 의식하지 않았지만, 지금은 사가라가 세련된 패션임을 알 수 있었다.

그런 사가라가 패션 센스를 칭찬해 주었으니, 제자들의 공훈이었다── 이런 생각이 드는 것과 동시에 아야세의 말이 떠올랐다.

『참고로 말하는데, 상대를 칭찬하는 건 중요해요. 칭찬

© Shiokoji

받고 기분 나빠할 여자는 없으니까.』

나는 지금이 기회라는 생각에 그 말대로 하기로 한다.

"사가라도, 그…… 아주 어른스럽다고나 할까, 예뻐진 것 같아."

그러자 사가라는 순간 놀란 표정을 지었다.

"……고마워."

그러고는 수줍게 웃었다.

"슈도 그런 말을 할 줄 아는구나."

뭔가 반응이 괜찮은 것 같다.

마음속으로 주먹을 불끈 쥔다.

아야세의 덕도 있지만, 선택이 대성공한 것 같다.

분명 호감도가 올라갔을 것이다.

'――게임은 아니지만…….'

마침 그때 후르츠 티가 나왔다.

이번에는 손이 떨리지 않도록 조심하면서 찻잔을 든다.

"후후, 맛있다."

사가라의 말에 동의한다.

확실히 아주 맛있다.

"아, 옛날 생각 난다. 옛날에 이렇게 둘이 카페에 갔던 거 기억해? 영화 본 다음에."

"응……."

사귀는 동안 몇 번 했었던 데이트.

그중 첫 번째 데이트다.

"그때도 이거랑 비슷한 후르츠 티였던 건?"

"아, 그랬나?"

"그랬어. 기억 못 하는구나."

"미안……."

그 당시에는 공부를 가르쳐 주는 건 익숙해졌지만 데이트는 너무 긴장돼서 정신이 하나도 없었다. 조금 전에 무슨 이야기를 했는지조차 기억 못 하는 상태였다.

"설마 이렇게 사가라를 다시 만나게 될 줄은 몰랐어. 사가라야말로 TWINS를 하고 있었다니……. 이렇게 만나도 그런 이미지는 없는데……."

"무슨 뜻이야?"

표정이 살짝 굳어진다.

뭔가 지뢰를 밟은 걸까?

"아, 그, 그러니까……. 사가라는 인기가 많으니까 굳이 매칭 앱이 필요 없지 않을까 해서. 오히려 내가 보기엔 매칭 앱에서도 못 오를 나무 같은 느낌이라, 먼저 「좋아요!」라도 받지 않는 한 이쪽에서 먼저 말을 걸기 어려운 느낌이거든……."

당황해서 얼른 수습하는 나.

너무 쓸데없는 말까지 했나?

순간 사가라는 어리둥절한 표정을 지었다.

하지만 이내 방긋 미소를 지었다.

"인기가 많긴 하지."

"거봐……."

옛날부터 그랬으니까.

잠깐이긴 하지만 내가 사귄 것이 이상할 정도다.

"하지만 내가 관심 없는 사람한테 인기가 높아 봤자잖아? 적당히 타협할 나이도 아니고. 내 주위에서도 전부 매칭 앱 해. 여자도 언제든 운명의 만남을 추구하는 법이거든."

"운명의 만남이라……."

"지금 이렇게 어른이 된 슈와 재회한 것도 운명이겠지."

"응……?"

사가라가 작은 목소리로 중얼거린 말은 내 마음을 뒤흔들기에 충분했다.

그 뒤에 한 말은 거의 기억나지 않는다.

어느새 후르츠 티도 다 마시고 없었다.

"슬슬 갈 시간인 것 같은데, 갈까?"

5

우리는 예약한 식당으로 이동하게 되었다.

그곳에서 나눈 대화는 중학교 시절의 이야기가 중심이었다. 누가 뭘 했다든가, 누가 결혼했다든가, 그 선생님은 아직 학교에 있다든가. 교사로 지내면 모교와의 교류도 있어서 아는 것도 많아진다.

거기다 술이 조금 들어간 덕분에 긴장도 풀리기 시작해서인지 나도 말이 많아졌다. 동창회 기분도 들었다. 즐거웠다.

사가라도 그랬으면 좋겠다고 생각했다.

단 대화 중에 과거에 우리가 사귀었을 당시의 이야기나 그것과 관련된 일들에 대해서는 서로 거의 언급하지 않았다.

일부러 피하는 듯한 느낌이었다.

참고로 말하지만, 보험이나 종교 권유는 아직 없다.

아야세의 불안은 기우였던 셈이다.

"그런데 사가라는 지금 무슨 일을 해?"

대화가 잠시 끊긴 틈에 순간적으로 떠오르는 질문을 했다.

TWINS에 있는 사가라의 프로필 직업란에 자유업이라고 되어 있었길래 나온 질문이다.

"사실 지금 특별히 아무것도 안 해."

사가라는 아무렇지도 않은 표정으로 대답했다.

"전에 하던 일도 여러 가지 일이 있어서 그만뒀어. 지금은 앞으로 뭘 할지 생각하는 중이야. 굳이 말하자면 자아 찾기 중?"

"그, 그렇구나."

괜한 질문을 했다 싶어 조금 당황했다. 그러나 정작 사가라는 개의치 않는 것 같다.

"슈는 대단하다. 그때부터 되고 싶은 게 있었고, 진짜 그걸 직업으로 삼았으니까."

쑥스럽지만 그런 말을 들으니 기뻤다.

×　×　×

즐거운 식사 시간은 눈 깜짝할 사이에 지나가고—— 서로 식사를 마치고, 내가 계산하겠다고 말하고 계산한 후 둘이 가게를 나온 뒤였다.

이제 역으로 가서 헤어질 예정이었지만…….

"잘 먹었어. 이제 뭐 할래?"

사가라가 그렇게 말하면서 몸을 밀착했다.

이어서 귓가에 대고 속삭인다.

"아까도 말했지만, 지금은 무직이라…… 내일 특별히 할 일이 없는데."

순간 세상이 멈춘 기분이었다.

사가라는 이다음 순서를 기대하고 있다.

나를 유혹하는 걸까?

상황적으로 그렇게밖에 생각할 수 없다.

'즉 지금까지는 나쁘지 않았다는 건가?'

아야세에게 지도받은 덕분일까? 그렇다면 아야세에게 감사하다.

'그리고 어쩌면 오늘 나는 사가라와…….'

불똥에 불이 붙는다는 게 이런 상황을 두고 하는 말일까?

하지만 이대로 호텔로 직행하는 전개는 아무리 봐도 아닌 것 같다.

아무리 생각해도 너무 빠르다.

잠자리가 목적이라고 생각해서 호감도가 내려갈 가능성도 있다.

"그, 그럼 일단 다른 데서……."

일단 데이트 후에 어울릴 만한 바를 몇 군데 고르자.

거기서도 분위기가 좋으면 그다음에—— 이렇게 상상의 나래를 펼치면서 사가라에게 여기서 제일 가까운 바에 가자고 말하려고 했을 때였다.

"쌤, 도망쳐요!"

갑자기 어떤 목소리가 소리쳤다.

그 목소리의 주인이 누구인지 나는 알고 있다.

'아야세?! 왜 여기에……!'

오늘은 안 따라오겠다고 약속했는데—— 이렇게 생각한 직후에 몸에 충격이 왔다.

아야세가 달려와서 와락 끌어안았기 때문이다.

그 바람에 내 몸은 콘크리트 바닥에 넘어지고 말았다.

당연히 날 잡고 있던 사가라도 같이 넘어졌다.

"아야세, 이게 대체……. 사가라, 괜찮아……?"

아야세의 몸을 부축해서 일으켜 주면서 묻는다.

"……난, 괜찮아……."

몸을 일으키는 사가라. 이어서 내가 몸을 일으켜 주고 있는 아야세를 보고 인상을 쓰면서 묻는다.

"얜 뭐야?"

내가 걔──.

아야세에게 시선을 돌렸을 때였다.

아야세가 눈을 동그랗게 뜨고 말했다.

"쌤, 저 사람, 그!"

"응……?"

아야세가 가리킨 오른손 검지의 끝에는 한 남자가 서 있었다.

'이놈은…….'

아야세가 보여 줬던 사진 속의 남자.

신장은 약 170. 모자를 깊게 눌러쓴 그 남자다. 사가라도 그 존재를 눈치챘는지 아야세처럼 눈이 동그래지더니 남자를 노려보면서 말한다.

"어떻게 여기에……!"

“그건 내가 할 소리지! 왜 그런 남자랑 팔짱까지 끼고 데이트하는 거야!”

“뭐……? 그건 내 맘이지. 내가 당신 거야?”

“사가라, 저 남자는 누구야……?”

“전에 매칭 앱에서 만났던 남자야. 연락을 끊었더니 내가 아르바이트로 일하던 가게까지 찾아와서…….”

“왜 LINE도 매칭 앱도 차단한 거야? 나랑 있는 시간이 즐겁다며!”

“당신이 이런 사람인 줄 몰랐으니까 그랬지…….”

“난 널 사랑해! 널 다른 사람한테 뺏길 바에는 내 손으로……!”

주머니에서 뭔가를 꺼낸 남자.

그것은 한 손에 들어오는 사이즈의 접이식 아미 나이프였다.

“사가라!”

“꺅!”

몸이 저절로 움직이고 있었다.

사가라를 감싸듯이 끌어안는다.

“제길, 방해하지 마! 방해하면 너부터……! 끄악!”

들린 것은 남자의 비명이었다.

고개를 드니 스커트를 나풀거리면서 땅에 착지하는 아야세의 모습이 보인다.

아야세가 스토킹남에게 돌려차기를 날린 모양이다.

그 바람에 나이프도 손에서 떨어졌다.

"옛날에 가라테를 좀 배웠지!"

그러나 남자는 금방 상체를 일으키고 말한다.

"뭐, 뭐야 너! 전부 한통속이 돼서 나를 방해하다니! 제기랄!"

보기에는 평범한 남자지만 하는 짓은 평범하지 않다. 남자는 떨어진 아미 나이프를 줍더니 바닥을 기기 시작했다. 나는 그것을 보고 재빨리 나이프를 밟았다.

이렇게 하면 쉽게 빠져나갈 수 없을 터.

"이 자식!"

일어나려고 하는 남자.

그렇다면 나이프를 멀리 걷어차는 수밖에——.

하지만 주위에 사람이 많다.

이러지도 저러지도 못하고 있는데 호각 소리가 울렸다.

발소리도 가까워진다.

"거기, 뭐 하는 거야!"

두 명의 경찰이었다. 내가 가슴을 쓸어내리는 사이에 남자가 아미 나이프를 주워서 도망치기 시작했다.

"거기 서!" 경찰이 쫓아갔다.

남자는 경찰에게 맡기기로 하고, 나는 사가라에게 묻는다.

"괜찮아?"

사가라는 고개를 끄덕였다.

"……미안해. 나 때문에 이상한 일에 휘말리게 돼서. 그런데……."

사가라가 꼼짝도 안 하고 우리 쪽을 노려보고 있는 아야세에게 시선을 돌리면서 말한다.

"쟨 누구야?"

"으음, 그러니까……."

이렇게 된 이상 어쩔 수 없다. 얼버무리기도 힘들겠다 싶어서 나는 사가라에게 아야세가 내 학생이라는 것.

아야세가 TWINS를 이용하고 있다는 것.

거기서 서로 만난 인연으로 내 상담을 들어주고 있다는 것. 그래서 사가라에 대해서도 상담했다는 것.

보험이나 종교 권유를 목적으로 나한테 접근한 것이 틀림없다고 의심한 아야세가 사가라를 스토킹했었다는 것.

그때 자기 말고 스토커가 또 한 명 있는 것을 발견했다는 것.

그리고 오늘 데이트를 감시하고 있을 줄은 몰랐다는 것 등을 이실직고했다.

말하지 않은 것은 아야세가 내 집에서 재워 주는 관계가 되었다는 것 정도다. 그 부분은 괜한 오해가 생길까 봐 대충 얼버무렸다.

"진작 알려주었으면…… 그럴 수도 없었나."

사가라는 어이가 없다는 듯이 한숨을 쉬었다.

"아무튼 슈, 너 여전히 우유부단하구나. 애한테 농락당하고 있는 거 아니야?"

아니라고 차마 부정할 수는 없었다.

세 살 버릇 여든 간다는 속담은 정말 훌륭한 속담이다.

"사정은 좀 그렇지만, 아무튼 고마워."

아야세에게 감사 인사하는 사가라.

그러나 아야세는 못마땅한 듯 고개를 돌린 채 사가라와 눈조차 마주치지 않았다. 이 상황을 어쩌면 좋나…… 하고 당황하고 있는데 경찰 두 명이 이쪽으로 와서 말했다.

"잠깐 서까지 동행하시죠."

6

경찰을 따라 파출소로 이동한 뒤, 나와 사가라는 연달아 조사받았다.

우리가 중학교 동창이었다는 것, 오랜만에 만나서 식사했다는 것, 그 뒤 사가라가 스토커에게 습격당했다는 것 등을 진술했다.

물론 아야세도 조사받았는데, 이미 경찰들에게 교사임을 밝힌 내가 옆에서 아야세는 내 학생인데 우연히 그 자리에 있다가 달려온 거라고 진술했다.

사가라와의 데이트를 감시당하고 있었다는 것은 물론 밝히지 않았다.

여기서 말할 내용도 아니고, 나와 아야세의 관계를 이상하게 오해하면 곤란하다.

정말 기적적인 확률이라고밖에 할 수 없고 다소 거짓말 같기도 하지만, 그 이상 캐묻지는 않았다. 아야세도 내 거짓말의 의도를 알아차렸는지, 경찰에게 내 말이 틀리지 않다고만 진술했다.

사가라도 이의를 제기하지 않았다.

진술이 끝났을 때 우리에게 날아온 것은 스토킹남이 총도법 위반으로 체포되었다는 소식이었다. 그 남자에게 큰 부상은 없다는 소식도 동시에 날아왔다.

아야세가 스토킹남에게 돌려차기를 날렸다는 목격자 증언이 있었기 때문이리라.

경찰은 정당방위로 볼 수 있다고 했지만, 자세한 것은 남자에 대한 조사가 끝난 뒤에 사가라와 나에게 통지가 오기로 되었다. 아야세에 관해서는 일단 내가 중간에 개입하기로 했다.

아야세가 나한테 경찰 대신 부모님에게 연락하라고 압력을 가했기 때문이다.

아야세는 자기가 부모님한테 연락하고 싶지 않은 거다.

이걸 어쩌나 싶었지만, 아야세에게 약점이 잡혀 있는 한

도저히 아야세의 부모님에게 연락할 수 있을 것 같지 않다. 그러나 물론 그런 사정을 모르는 경찰은 교사인 나를 통해서 연락하는 것을 허락해 주었다.

그다음에 한 일은 경찰의 제안에 따라 사가라가 스토킹 피해를 신고한 것 정도다.

그리고 우리는 파출소에서 해방되었다.

그렇지만 물론 아야세가 같이 있기도 하고 상황적으로도 그렇고, 사가라와 데이트를 계속할 상태는 아니었다.

그래서 오늘은 이만 해산하기로 하고 셋이 역을 향해 걸었다.

전 여친과 제자 사이에서 걷고 있으니 몹시 이상한 기분이었다.

우리는 곧 역에 도착했다.

노선상 제일 먼저 헤어지는 건 나다.

"그럼 난 여기서 이만."

입을 열어 작별 인사를 하려고 했을 때였다.

"슈, 사과도 하고 보답도 할 겸 오늘 데이트 다시 했으면 하는데."

그 말에 깜짝 놀랐다.

나중에 내가 꺼내려고 생각했던 말이었기 때문이다.

"사가라가 괜찮다면야……."

"그럼……."

사가라가 스마트폰을 꺼내 일정을 확인한다.

"다음 주 일요일, 7월 7일 어때?"

"앗."

갑자기 아야세가 그런 소리를 냈다.

"왜 네가 반응하는데?"

"……아무것도 아니에요. 그냥 칠석이구나 해서."

아야세는 이렇게 대답하고 시선을 돌렸다.

나는 스마트폰으로 일정을 확인한다.

"특별히 아무것도 없어."

칠석에 데이트.

조금 로맨틱한 것 같다.

아야세가 반응한 것도 그래서일까?

"그럼 괜찮은 걸로 알고 있을게. 또 연락할게. 그럼 아야
세라고 했나? 너도 잘 가. 오늘은 고마웠어."

"……안녕히 가세요."

사가라의 미소에 거북한 표정으로 대답하는 아야세.

스토킹했던 상대이니 그럴 만도 하다.

그러나 그다음에 내가 "그럼 모레 학교에서 보자"라고
인사했을 때도 아무런 대꾸 없이 입을 꾹 다물고 있었고,
어딘지 불쾌한 표정도 짓고 있었다.

아야세답지 않다.

그때는 그 이유를 몰랐지만, 며칠 뒤, 나는 이해하게 된다.

내가 사가라와 데이트 약속을 한 칠석날.

그날은 아야세의 생일이다.

0

7월 7일.

쌤통이라는 듯이 비가 내리고 있다.

견우와 직녀가 만난다는 칠석날.

장마철답게 매년 비가 내리는 것 같다.

두 사람도 하늘에서 울고 있겠지.

내 마음도 그렇다.

——아니지.

마음만 그런 것이 아니다.

뺨을 타고 흘러내리는 것은, 물론 비가 아니라——.

1

쌤과 그 전 여친인 사가라 미유가 데이트한 날.

파출소에서 경찰 조사를 받은 뒤.

쌤과 전 여친과 함께 역까지 가서 쌤과 헤어진 뒤, 나는 집으로 돌아가기 위해 개찰구를 향해 걸음을 옮겼다. 그때.

"잠깐."

말도 섞고 싶지 않아서 작별 인사도 하지 않았던 그 여자가 뒤에서 나를 불렀다.

물론 그 여자란 쌤의 전 여친이다.

“뭔데요?”

당신과 말하고 싶지 않다는 티를 팍팍 내며 노려보면서 묻는 나를 가만히 쳐다보면서 사가라 미유가 물었다.

“너, 슈를 어떻게 생각해? 가지고 노는 거야?”

“네?”

뭐야 이 여자?

지금 도발하는 거야?

그런 생각이 들어서 확 째려봤다.

“가지고 노는 건 그쪽 아니에요?”

“왜 그렇게 생각해?”

“저, 당신을 조사해 봤거든요. 매칭 앱을 통해서 중년 남자도 만나고 젊은 남자랑 식사도 하던데요? 스토킹 피해를 당한 것도 자업자득인 것 같은데.”

“그거 슈한테 말했니? 그걸 아는 너도 스토커 아니야?”

“그, 그건…….”

“그리고 말이야.”

사가라 미유가 자조적으로 웃으면서 말했다.

“진심이면 어쩔래?”

“네……?”

“슈한테.”

© Shiokoji

그건 상상도 못 한 대답이었다.

나는 당황해서 대꾸할 말을 잃는다.

"후훗, 귀엽긴♡"

"으으……!"

갑자기 어린애 취급을 당해서 발끈한다.

사가라 미유는 나를 무시하듯이 입꼬리를 올리고 있었다.

진짜 뭐야 이 여자.

"무시하지 마세요. 그리고 당신 같은…… 예쁜 사람은 아무나 붙잡을 수 있잖아요. 그런데 왜 쌤한테——."

"슈도 비슷한 말을 하더라. 매칭 앱 같은 거 필요 없지 않냐는 둥, 자기한테는 오르지 못할 나무라는 둥. 하지만 그건 너도 마찬가지잖아?"

"……! 그게 무슨 말……."

"왜 이렇게 빨개졌어? 남녀 관계는 다양해. 너 같은 어린애라도 그건 알잖아?"

"그러니까 무시하지 말라고요!"

"무시 안 하는데? 슈가 널 그렇게 생각하고 있다는 것뿐이지. 그리고 너, 내가 슈의 전 여친이었다는 거 알잖아?"

그렇게 말하더니 곧 자조하듯이——.

그러나 어딘가 쓸쓸한 듯이 웃으면서 말했다.

"슈가 싫어져서 헤어진 게 아니야. 애초에 헤어질 마음은——."

"네……?"

"그럼 잘 가."

"잠깐만요…….."

마지막 말은 알아들을 수 없었고, 내뱉은 말의 진의도 알 수 없었다.

그것을 확인하고 싶어서 등에다 대고 불러 봤지만, 사가라 미유는 발을 멈추지 않고 그대로 인파 속으로 빨려 들어가고 말았다.

"슈가 싫어져서 헤어진 게 아니야."

사가라 미유의 말이 머릿속을 떠나지 않는다.

그다음에 작게 중얼거렸던 말.

헤어질 마음은 없었다고 말하고 싶었던 걸까?

그러나 자연 소멸했다는 건 쌤한테 들었던 말과 일치한다.

물론 이 이야기를 쌤한테 할 생각은 없었다.

왜냐하면 말하고 싶지 않았으니까.

× × ×

돌아온 7월 7일.

칠석날이자 내 생일이자 쌤과 사가라 미유의 데이트 날.

밖은 나름 세찬 비가 내리고 있다.

데이트하기에는 안 좋은 날씨라 고소하다.

참고로 말하자면, 쌤한테서 생일을 축하하는 메시지는 아직 오지 않았다.

담임이니까 생일 정도는 찾아보면 알 텐데.

분명 찾아보지도 않았을 테니, 오늘인 줄도 모를 거다.

내일 반드시 한마디 해 줘야지.

친한 여자의 생일 정도는 똑똑히 외워 두라고.

"네가 지도해 준 덕분에 지난번 데이트 자체는 성공적이었어. 다음에도 잘할 수 있을 것 같아."

쌤이 지난번에 도서관에서 했던 말이다.

내 덕분이라고 말해 준 건 기쁘다.

하지만 겨우 그 정도로 여친이 생길 리 없는데── 이렇게 생각해 버린다.

'……쯧, 내가 지금 무슨 생각을 하는 거야…….'

왠지 나 자신이 바보 같다.

집에 있어도 쌤만 생각하게 된다.

쌤과 사가라 미유의 데이트는 어떻게 될까?

생각해도 소용없지만, 자꾸만 신경이 쓰여서 나는 옷을 갈아입고 집을 나와 비를 뚫고 도심으로 향하기로 했다.

절대 쌤을 찾는 게 아니다.

기분 전환을 위해 놀려는 것뿐이다.

애초에 오늘은 어디서 데이트하는지도 모른다.

전 여친과의 데이트는 알아서 하시죠?

저보다 쌤이 사가라 미유에 대해서 더 잘 알 테니까요, 라고 내뱉었기 때문이다.

어차피 쌤도 그럴 생각이었을 테고.

그러니 데이트 중인 두 사람을 찾을 수 있을 리 없다.

그런 생각을 하면서 역을 향해 육교 계단을 올라가고 있을 때였다.

"──아야…….."

왼쪽 발목이 시큰했다.

전에 그 여자의 스토커한테 돌려차기를 날렸을 때 삐끗했다.

그 바람에 몸의 균형을 평소처럼 유지할 수가 없었다.

"앗──."

이런.

이렇게 생각했을 때, 시야에 비친 것은 잿빛 하늘.

내 몸은 공중에 떠 있었다.

『저게 우리가 찾아다니던 파랑새라니.

우리는 멀리까지 찾으러 다녔지만,

사실은 늘 이곳에 있었던 거야.』

모리스 마테를링크 《파랑새》

1

돌아온 7월 7일.

아직 초여름이지만 한창 장마철이라 비가 내리고 있다.

하지만 폭우는 아니고, 부슬비다.

데이트를 중지할 정도는 아니리라.

게다가 오늘 나는 사가라와의 데이트 말고도 할 일이 있다.

약속 장소인 역 개찰구에서 사가라와 합류한 것은 오후 4시.

데이트의 메인은 저녁 식사라 조금 이르지만, 이건 내가 그 전에 볼일이 있는데 같이 가 달라고 부탁한 결과다.

그 볼일을 마친 뒤. 사가라가 예약해 놓은 저녁 식사 시간까지 아직 조금 시간이 있기에 우리는 카페에서 시간을 보내고 있었다.

눈앞에 앉은 사가라는 뾰로통하니 불만스러운 표정을
짓고 있다. 볼일을 보고 있을 때부터 그렇다.

"걔를 위해서 내가 이용당하는 것 같잖아."

"미안……. 하지만 사가라가 아니면 이런 걸 부탁할 상
대도 없고 도움도 받았잖아."

"애초에 걔가 스토킹한 것뿐이잖아."

"그건 그렇지만."

"슈, 하나 물어도 돼?"

"응, 뭔데?"

갑자기 진지하게 물어와서 당황하고 말았다.

대체 뭐길래?

"혹시 슈, 나보다 걔가 더 좋아?"

"뭐……?"

사가라가 무슨 말을 하는 건지 순간 이해가 안 됐다.

사고가 얼어 붙었기 때문이다.

"그러니까——."

사가라는 헛기침을 하고 조금 부끄러워하면서도 말을
이었다.

"아야세……라고 했나? 나랑 걔 중에 누가 더 좋은지 묻
고 있는 거야."

"그, 그게 무슨 말이야? 아야세는 학생이지 연애를 논할
대상이 아니야……."

오늘까지 사가라와의 두 번째 데이트에 대한 망상은 수
도 없이 했다. 그런 만큼 어떤 상황에서도 대응할 자신이
있었건만, 이런 대화는 예상 밖이었다.

그래서 나는 당황하고 말았다.

"처음에 내가 젊은 애들한테 인기 있는 바디워시가 좋지
않겠느냐고 했더니, 선물로는 오래 남는 게 좋다는 둥 상
대방한테 마음을 남기고 싶은 식으로 말했잖아. 그거 심층
심리적으로는 구속하고 싶다는 뜻 아니야?"

"사가라, 대체 무슨 말을 하는 거야——."

"슈는 그런 마음은 없다 이거지? 전에 역에서 슈랑 헤어
진 다음에 걔하고 잠깐 얘기했는데, 걔는 슈를 좋아하는
게 분명해."

"뭐? 아, 아니…… 왜…… 그런 소리를……."

"여자의 감. 다 알아, 그런 거."

"안다, 모른다의 문제가 아니야. 아야세는 학생이고, 나
를 놀리면서 이용하는 것뿐이야……."

내가 그렇게 대답하자 사가라가 눈을 가늘게 뜨고 말했다.

"이용? 나한테 뭔가 숨기고 있지?"

"그, 그런 건 아니고……."

"흐음, 뭐 좋아. 그러면 질문을 바꿀게. 졸업하고 학생
신분에서 벗어나면? 걔한테 고백받으면, 슈는 사귈래?"

"잠깐. 아무리 가정이라도 교사가 어떻게 학생하고 사귄

다는 말을……."

"아, 당황한다. 그럴 수 있다는 거구나."

"그러니까, 그런 게 아니라——. 왜 갑자기 그런 얘기를 하는 거야?"

내가 반론하자 사가라는 후우…… 하고 땅이 꺼지게 한숨을 쉬었다.

"슈는 옛날부터 그런 면이 있었어. 그래도 된다, 안 된다, 할 수 있다, 없다. 그런 생각만 해. 하고 싶다, 하고 싶지 않다가 아니라."

——하고 싶다, 하고 싶지 않다라.

듣고 보니 정말일지도 모른다. 지나치게 생각하는 것보다는 그렇게 생각되는 편이 잘될 것 같은 생각도 든다.

선생님이 되고 싶다는 것도 그랬다.

하지만, 하고 생각이 머릿속을 빙빙 돌고 있을 때, 내 스마트폰이 진동했다.

전화가 온 듯하다.

"받아."

"모르는 번혼데…… 됐어. 할 말이 있으면 음성 메시지를 남기겠지."

"좋은 마음가짐이야."

살짝 아야세 같은 웃음이라고 생각해 버렸다.

80점이라고 외칠 것만 같다.

데이트 중이니까 전화는 안 받아도 된다. 진짜 중요한 용건이면 음성 메시지도 남길 거고 문자도 올 거다, 이런 말을 할 것만 같다.

"아참. 파랑새라고 알아?"

"마테를링크의 틸틸(치르치르)과 미틸(미치르)이 나오는 그 거?"

프랑스의 동화.

마테를링크란 작가 이름이다.

"응. 행복의 파랑새를 찾으러 가지만 가까이에 있었다는 이야기."

"물론 알지……."

"모르는 것 같은데."

대체 사가라는 무슨 말을 하는 걸까?

내가 그렇게 생각했을 때, 다시 테이블 위에서 스마트폰 이 부르르 진동했다.

무슨 알림이 왔나?

아니면—— 일단 스마트폰을 확인한다.

"음성이 왔네."

"진짜 무슨 일 있는 거 아니야? 받아봐."

하지만 대체 누가?

요즘 은행 영업은 음성 메시지까지 보내나?

그때 문득 깨달았다.

표시된 이름이 몹시 익숙하면서도 낯설다.

"경찰……?"

틀림없다.

"어?"

사가라가 놀란다.

대체 무슨 일이지?

그 스토커 건인가?

그렇다면 내가 아니라 사가라한테 걸었을 텐데…….

"일단 들어볼게."

음성 메시지를 듣는다.

아야세에 관한 것이었다.

바로 연락해 달라는 내용이었다.

우리를 조사했던 경찰이다.

사가라에게 그렇게 말한 뒤 "잠깐 전화 좀 할게" 하고 경찰에 전화를 걸었다.

곧 그 경찰과 통화가 연결되어 알게 된 것은——.

"뭐라고요——?"

아야세가 육교 계단에서 떨어져서 의식 불명 상태로 병원에 이송됐다는 연락이었다.

사건일 가능성도 있다며 구급대에서 경찰로 연락이 갔지만 현재로서 사건성은 보이지 않고 그냥 발을 헛디딘 것 같다는 게 경찰의 추측인 모양이다.

다만 구급대원은 가족 등의 연락처를 몰라서 경찰을 통해 나에게 연락했다고 한다.

"아야세는—— 아야세는 괜찮습니까?!"

그건 경찰도 모른다고 한다.

그러나 실려 간 병원은 가르쳐 주었다.

아는 병원이다.

심지어 여기서 꽤 가까운 곳이다.

"알겠습니다. 바로 가겠습니다."

전화를 끊고 사가라를 쳐다본다.

"저기……."

"아야세한테 무슨 일 있어?"

"육교 계단에서 떨어져서 의식 불명이래."

"뭐……?"

"사건성은 없어 보이지만, 전에 스토커 사건 때 연락처를 남겼잖아. 그래서 연락한 것 같아."

나는 그렇게 말하고 벌떡 일어나서 지갑에서 2천 엔을 꺼내 테이블 위에 놓았다.

"이건……?"

"여기 계산해. 다음번엔 내가 사과할게. 지금은 병원에 가 봐야겠어."

사가라에게서 등을 돌리고 그 자리를 뜨려고 했을 때였다.

"잠깐!"

등에 소름이 돋을 정도로 무서운 외침이었다.

살기조차 느껴질 정도였다.

동시에 팔이 묵직해진다.

사가라가 두 팔로 끌어안다시피 내 팔을 붙잡고 있었다.

사가라의 부드러운 온기가 전해진다.

"……대체 왜? 왜 슈가 가는 건데? 가족과 보호자는 따로 있잖아——."

"아야세는 가족하고 사이가 안 좋아. 그러니까…….”

"내가 여기 있어 달라고 하면?"

"그건…… 미안. 안 되겠어.”

"왜? 학생이라서? 아니면——.”

"정말 미안해. 예약은 내가 캔슬해 놓을게.”

"……나야말로 미안해.”

사가라의 팔에서 힘이 빠지더니 툭 떨어진다.

"사과는 다음에 꼭 할게.”

그 말을 남기고 아야세가 있는 병원을 향해 달렸다.

2

"학생은 무슨…….”

입술을 내밀면서 혼잣말한 뒤.

나, 사가라 미유는 테이블에 엎드려서 중얼거렸다.

"나, 지금 뭐 하는 거야……."

자기혐오에 빠진다.

최악의 타이밍이라고밖에 할 수가 없다.

그 여자가 이 타이밍에 사고를 당해서 슈를 빼앗겨 버리다니.

'우리는 이어지지 않을 운명인 걸까…….'

그날도 그랬다.

쉬는 날에 데이트하려고 일요일이 비어 있는지 물으니, 나에게 돌아온 대답은 학원에서 모의고사가 있어서 안 된다는 대답이었다. 토요일에도 공부해야 한다고 했다.

그것도 다 교사가 되겠다는 그의 꿈을 위한 일——그 꿈에 다가가기 위해, 동경하는 선생님과 같은 고등학교에 들어가기 위해 고군분투하는 슈.

그런 점도 좋았지만, 서운한 건 서운한 것—— 꿈도 목표도 없이 그저 부모님이 시키는 대로만 살고 있는 나.

목표하는 고등학교도 지금 성적에 맞춰서 붙을 수 있는 여고다.

그런 공허함으로 인한 초조함과 허전함을 메우기 위해 노는 친구들과 어울렸다.

평판이 나쁜 고등학교에 다니는 남자애들과 함께 노래방에 갔는데 갑자기 담배를 피우기 시작했다. 덩달아 피우는 여자애들도 있었다.

그것을 종업원에게 들켜서 학교까지 연락이 갔고, 결국 우리는 꾸중을 들었다.

나는 담배를 피우지 않아서 무거운 처벌은 받지 않았지만, 날라리라는 말도 듣고 나쁜 소문도 퍼지게 되었다.

물론 그런 소문은 슈의 귀에도 들어갔을 터.

그래도 나한테 그 어떤 말도 하지 않고 평소하고 똑같이 나를 대해 주었다.

하지만 나는 그것이 더 괴로웠고, 도리어 날 사랑하지 않는다는 생각에—— 결국 폭발하고 말았다.

"왜 아무것도 묻지 않아?!"

아마 그의 앞에서 처음으로 폭발한 순간이었을 것이다.

"미안."

이번하고 똑같은 그 말.

그것이 슈의 대답이었다——.

그날부터 슈는 나에게 말을 걸지 않게 되었다.

우리의 거리는 자연스럽게 멀어졌고, 그대로 졸업했다.

그 뒤 나는 고등학교, 대학교를 거쳤지만, 그곳에서 슈처럼 장래의 꿈이나 목표 같은 것을 발견할 수는 없었다.

미팅으로 남자친구가 생겨도 오래가지 못했고, 누구와 사귀어도 구멍 난 내 마음의 틈새는 메워지지 않았다.

그것은 취직해서도 마찬가지였다.

슈가 꿈을 이루었다는 소식은 들었다.

반면 나는 텅 비어 있었다.

꿈을 이룬 그와는 다르다.

점점 멀어져 간다.

그때 만약 다른 미래를 선택했더라면.

슈와 같은 고등학교에 가고 싶다고 말하고 내가 열심히 공부했더라면.

부모님에게 부탁해서 같은 학원에 다니고 같이 공부했더라면. 뭔가 다른 미래가 있었을까?

나는 그렇게까지 슈를 좋아했을까?

아니면 단순한 동경이었을까?

모르겠다.

지금도 마찬가지다.

이번에도 나는 그와의 차이를 느꼈다.

게다가 그의 학생까지 질투하다니.

어른의 연애를 걸려 하고.

소녀가 아니라 여자의 교활함을 드러내려 하고.

기싸움하고.

결국 또 어긋나고——.

"아아, 아무나 불러서 기분 전환이나 할까……."

변명하면서 나는 다시 도망치기로 했다.

예전과 하나도 변한 게 없다.

나와 슈는 사는 세계가 다르다.

© Shiokoji

나와 슈는 어울리지 않는다.

서로 좋아하는 사이지만 하나가 될 수 없다.

그런 식으로 변명하면서.

'하지만 그 아이도 분명 그럴 거야.'

슈와는 사는 세계가 다르다.

그 사랑이 이루어질 리 없다.

나도 이루어지지 않았으니까——.

"하지만 지레 포기하는 건 왠지 열받는데."

내가 그 여자보다 먼저 슈랑 만났는데.

내가 그 여자보다 슈를 더 잘 아는데.

'솔직하지 못한 건 나도 마찬가지……. 그때부터 변하지 않은 것도 마찬가지야.'

전혀 어른이 되지 못했다.

내가 어떻게 해야 했지?

슈에게 뭘 원했던 거지?

"아, 모르겠다. 오늘은 혼자 술이라도 마셔야겠어……."

술로 스트레스나 풀자.

머리를 텅 비우고.

그렇게 결심했다.

3

병원에 도착해서 접수 창구에서 보호자라고 알리자, 이미 경찰이 내가 올 거라고 전달해 놓았는지 병실을 가르쳐 주었다.

엘리베이터로 달려가 아야세의 병실이 있는 층으로 올라간다.

병실은 402호.

바깥에서는 1인실처럼 보이는 그 방의 문을 두드리려는데 안에서 목소리가 들린다.

"레나치가 와 줘서 정말 다행이야. 입원 동안 쓸 물건이 하나도 없으니까. 이것저것 사다 줘서 고마워."

"하지만 정작 중요한 건 아무것도 못 했잖아. 미성년자라 입원 절차도 진행할 수 없고. 쌤 부르지 그랬어."

"그건 엄마 회사 사람한테 부탁해서 괜찮다니까. 그리고 쌤은 지금 전 여친이랑 데이트 중이란 말이야…… 응?"

"아야세."

"엥, 쌤?! 어떻게……?"

내가 병실 문을 열자 그런 목소리와 함께 눈에 들어온 것은 등받이를 세운 의료용 침대 위에서 옷을 벗고 우자키에게 등을 맡기고 있는 아야세의 모습이었다.

머리에는 반창고가 붙어 있고, 팔과 다리에는 붕대가 감겨 있다.

"경찰에서 네가 의식 불명이라는 연락이 왔어. 그래서

곧장 왔는데, 두 사람의 목소리가 들리길래……. 깨어나서
다행이다.”

그러자 아야세의 얼굴이 화악 달아올랐다.

“바보! 쌤, 당장 나가세요! 부끄럽잖아요!”

“으악!”

옆에 있던 티슈 갑을 집어 던진다.

“뭐 어때, 본다고 닳는 것도 아니고.”

우자키가 깔깔 웃으면서 말했다. 그러나 아야세는 그 말
은 무시했다.

“어떻게 노크도 안 할 수 있어요? 빨리 나가라니까요!”

“미안!”

다시 나가라는 말을 듣고 나는 병실 밖으로 쫓겨났다.

“레나치! 옷, 빨리! 그리고 부축 좀 해 줘——.”

그것으로 문이 닫히고, 목소리도 들리지 않게 되었다.

‘후우…….’

병실에 있는 것은 평소의 아야세였다.

한시름 놓자, 온몸에서 힘이 빠진다.

‘의식 불명이라고 해서, 철렁했잖아.’

내가 너무 걱정했던 모양이다. 복도 벽에 기대고 있던
등이 스르르 미끄러져 엉덩방아를 찧을 뻔했다.

얼마 뒤 문이 열리더니 우자키가 나왔다.

“쌤, 아까는 죄송해요. 이제 들어오셔도 괜찮아요.”

“정말이지?”

“정말이에요. 어서 들어가세요.”

나는 떠밀리다시피 병실로 들어갔다. 그리고 의료용 침대의 등받이에 몸을 기대고 있는 아야세의 모습을 볼 수 있었다.

아직 뺨을 빨갛게 물들인 긴 흑발의 아야세.

침대 옆으로 다가간 나를 째려보면서 말한다.

“……왜 왔어요?”

눈에 눈물도 글썽이고 있다.

“경찰에서 연락이 왔다니까. 의식 불명이라고 하는데 어떻게 안 와?”

“하지만 금방 깨어났어요…….”

“누가 떠민 건 아니고?”

“아니요, 혼자 미끄러졌어요. 원래부터 발목이 아팠거든요.”

“혹시 전에 그 일 때문에?”

나는 스토커 사건 때 아야세가 다쳤다는 것을 알고 있었다. 학교에서 발을 끌며 걷는 것 같길래 물어봤었기 때문이다. 이번에는 아야세가 묻는다.

“그 여자랑 데이트 중이지 않았어요……?”

“그랬지. 하지만 그런 소식을 듣고 어떻게 안 와. 그때 다친 것도 원인이라고 하면 사가라도 이해해 줄 거야——.

아참."

사가라의 이야기를 꺼내자 생각났다.

"오늘 주게 될 줄은 몰랐지만, 이거."

아야세는 내가 가방에서 꺼내어 내민 쇼핑백을 보고 눈을 깜빡거렸다. 여고생한테 인기 있는 브랜드의 쇼핑백이라 놀란 것이리라.

아야세가 그걸 받고 묻는다.

"이게 뭐예요? 이걸 왜……?"

"오늘 네 생일이잖아. 늘 도움만 받으니까, 선물이야."

"어떻게……? 쌤, 모르고 계신 줄 알았는데…….

"모르긴 왜 몰라? 담임인데."

말 나온 김에 한마디 더.

"아 물론, 선생님으로서 주는 건 아니야. 어디까지나 이건 TWINS에서 만난 사쿠란 씨에게 주는 거다. 우자키도 그렇게 알고 있어."

"그럼요☆"

고개를 끄덕이는 우자키.

정말 좋은 아이다.

"고, 고마워요…….

아야세는 이렇게 말하면서, 받아 든 봉투에서 선물용으로 포장된 상자를 꺼냈다.

"열어 봐도 돼요?"

내가 고개를 끄덕이자, 아야세는 포장지를 조심스럽게
뜯는다.

브랜드만 적혀 있는 하얀 상자.

"이건……."

그 안에 들어 있는 것은 초커다.

아야세의 눈가에 눈물이 차오른다.

물론 기쁨의 눈물인 것은 알지만…….

다쳐서 멘탈이 약해진 건지도 모른다.

그럴 때는 눈물이 많아진다고 들은 적이 있다.

"아야세, 괜찮아?"

"훌쩍, 괜찮아요. 이거 지금 유행하는 거잖아요. 선생님
이런 걸 어떻게 알았어요……?"

"솔직히 말하자면, 혼자서는 뭘 사야 좋을지 몰라서 사
가라한테 물어봤어. 아야세한테 신세 진 게 있으니까, 물
어보면 알려주겠지 싶어서."

"……으…… 으으~…… 그 여자한테 물어보는 바보가
어디 있어요!"

"그, 사가라 말고는 물어볼 사람이 없어서……. 그래도
여러 종류 중에서 그걸 고른 건 나야……. 네 생일인 칠석
하고 어울리길래."

검은 바탕에 수많은 별이 빛나고 있는 듯한 디자인.

생일인 오늘 이날에―― 그리고 아야세에게 어울린다고

생각해서 고른 것이다.

"그렇다고 다른 여자한테 그런 걸 물어보다니…… 거기다 너무 싼 거잖아요. 쌤은 진짜 바보야."

"그건 사가라도 그렇게 말하더라."

"──칫. 저랑 그 여자를 똑같이 취급하지 마세요! 그리고……."

눈물을 흘리면서 나를 노려보는 아야세.

그러면서 그 얼굴이 점점 가까이 오더니…….

쪽, 하고 뺨에 부드러운 것이 닿았다.

"……고마워요, 쌤."

키스한 뒤, 아야세는 잠시 수줍은 듯 시선을 돌렸다.

그러나 이내 나를 보고 말했다.

"기쁘긴 기뻐요♡"

조금 전에 보였던 표정과는 다른 환한 미소.

그것은 티 없는 아이의 미소가 아니라 심장이 두근거릴 만큼 어른스러운 무척 매력적인 미소였다──.

"단……." 아야세가 일변해서 입을 뽀로통하게 내민다. "역시 그 여자랑 같이 골랐다고 생각하면 열받네요. 일단 오늘의 수업. 요즘은 인터넷으로 젊은 여자들이 뭘 좋아하는지 얼마든지 찾을 수 있잖아요? 그러니까 선물은 다른 여자의 의견대로 고르지 말고 스스로 생각해서 고를 것! 알겠어요?"

그 밖에도 생일이 지나서 주려고 했다는 것도 별로라고 한 소리 듣고 말았다. 줄 거면 최소한 그 전에 줘야 한다고.

아무래도 아야세의 가르침은 앞으로도 계속될 것 같다.

'뭐 당연하다면 당연한 일이지만……'

하여간 나한테는 아직 여자친구가 안 생겼으니까——.

그런 우리의 대화를 보고 우자키가 어이없다는 듯이 웃고 있었다.

"병문안을 와서 내가 뭘 보고 있는 거야? 사쿠치, 그렇게 아니라 쌤한테 채워 달라고 해."

"응……?"

놀란 것은 아야세지만, 당황하기는 나도 마찬가지다.

초커를 차본 적이 없는데 남한테 어떻게 채워 주겠는가?

"그럼, 부탁합니다."

초커를 건네고 침대 위에서 등을 돌리는 아야세.

예쁜 목덜미를 보고 침을 꿀꺽 삼킨다.

"이렇게, 하면 되나……?"

초커를 채우자, 침대 위에서 몸을 빙글, 돌린다.

"어때요? 잘 어울려요?"

"으, 응. 귀여운데? 어울려."

"그 대답은 100점……. 축하해요, 처음으로 만점을 드릴게요."

아야세는 그렇게 말하고 나를 향해 활짝 웃는 것이었다.

“그런데 쌤. 아니, 슈고.”

“슈고라니…….”

머리카락을 배배 꼬면서 수줍은 듯 말하길래 놀라고 말
았다.

“지금은 학생이 아니라면서요! 그러니까 저도 사쿠라라
고 이름으로 부르세요. 그리고 생일 축하한다고 해주세요.
그러면 그 여자한테 선물에 대해서 상담한 거 없었던 일로
해줄게요.”

“――어휴, 어쩔 수 없지.”

그 정도로 없었던 일로 해준다면 괜찮은 것 같다.

이것도 생일 선물이라고 생각하고.

“에, 사쿠라……씨…… 생일 축하해요.”

“…….”

내가 그렇게 말하자 아야세는 지긋지긋하다는 표정으로
가자미눈을 하고 나를 째려보았다.

“기껏 말해 줬더니 그 반응은 뭐야!”

“‘씨’는 떼로 불러야죠! 여자친구처럼, 다시!”

“아아…….”

막상 그렇게 하려니 차마 입이 떨어지지 않았다. 누군가
를 여자친구처럼 불러본 적이 없는데 어떻게 그럴 수 있겠
는가.

나는 괜히 더 긴장해 버렸다.

© Shiokoji

"아, 알았어."

하지만 생일 기념이니까.

이것도 앞으로의 일을 생각하면 좋은 경험이 되겠지.

긴장 속에서 나는 용기를 내서 말했다.

"사쿠라, 생일 축하해."

그러자 아야세가 눈에 눈물을 글썽이면서 말했다.

"고마워요, 쌤. 아니, 슈——."

그때 갑자기 병실 문이 열렸다.

4

"응……?"

병실 문이 열리는 것과 동시에 아야세가 놀라서 소리를 질렀다.

나도 눈을 의심했다.

병실에 들어온 두 명의 여성 중 한 사람, 연예인의 오라를 발산하는 여성은 나조차도 아는 사람이다. 선글라스를 끼고 있지만, 알 수 있다.

카가미 유리.

1989년부터 2019년까지 한 시대를 풍미한 아이돌이자 현 여배우.

그러면 또 한 명의 여성은 매니저일까?

내가 이해 못하고 굳어 있으니, 카가미 유리가 내게 다가와 물었다.

"누구시죠?"

"아, 저…… 전 츠키시마 고등학교의 교사이자, 아야세의 담임입니다…….."

마치 드라마의 한 장면 같다. 내가 카가미 유리가 내뿜는 연예인 오라에 압도당한 채 횡설수설하고 있으니——.

"쌤하고 말하지 마!"

내 뒤에서 아야세가 외쳤다.

침대에서 내려와 나와 카가미 유리에게 다가온다.

다리도 불편한데 괜찮을까 했더니 역시나 아픈 모양이다.

휘청하더니 그대로 바닥에 주저앉는다.

"아야세!"

"사쿠라!"

내가 얼른 부축하고, 우자키도 달려온다.

"괜찮아? 설 수 있겠어?"

쓰러진 아야세를 일으켜 세우려고 하지만—— 무리였다. 그래도 아야세는 바닥에 무릎을 꿇은 채 부들부들 떨면서 카가미 유리를 계속 노려봤다.

"왜 왔어? 이럴 때만 찾아오지 마! 나가, 엄마!"

"……알았어."

그 말만 남기고 병실에서 나가는 여배우.

뒤를 돌아보고 떠나가는 모습도 멋있다.

'아니, 엄마라고……?'

이게 무슨 소리야.

카가미 유리가 아야세의 엄마라고?

"아가씨, 죄송합니다. 제가 수속을 처리하려 했는데, 촬영장 근처에 이 병원이 있어서 직접 가시겠다며 고집을 부리시는 바람에──."

"됐어요. 카부라기 씨도 나가세요……."

"죄송합니다. 이거, 케이크입니다. 생일이어서. 마침 세 조각이니까 다 같이 드세요."

카부라기라고 불린 여성도 그 말을 남기고 병실에서 나갔다.

짧은 침묵.

그것을 깬 것은 아야세의 말이었다.

"죄송해요, 선생님. 레나치도."

"내게 사과할 건……. 그런데 너……."

"……설명, 꼭 해야 해요?"

"아니, 안 들어도 무슨 관계인지는 알겠다."

나는 아야세에게 그렇게 말하고 우자키에게 시선을 돌렸다.

"우자키는 알고 있었니?"

고개를 끄덕이는 우자키.

이어서 아야세가 말했다.

"처음에는 숨겼는데, 둘이 있을 때 어떤 기자가 부르는 바람에 들켰어요. 하지만 레나치는 저를 전하고 똑같이 대해 줬어요."

그렇게 말하는 아야세의 옆얼굴을 가만히 보고 있었더니 확실히 카가미 유리의 얼굴이 있었다.

동시에 카가미 유리에 관한 뉴스가 나오자, 아야세가 TV를 꺼 버렸던 일이 생각났다. 보기 싫었거나 자기와 닮았다는 것을 들킬까봐 싫었던 건지도 모른다.

"왜 숨겼는지는 말 안 해도 알죠?"

"그야 뭐."

카가미 유리는 소문이 끊이지 않는 여성이다.

부정적인 소문도 끊이지 않는다.

"어렸을 때는 늘 매스컴에 쫓겨 다녔어요. 저 여자의 자식이라는 걸 들키지 않으려고 얼마나 힘들었던지."

눈을 내리깔고 말하는 아야세.

그 말투로 보아 기억하기 싫은 일도 많이 당했으리라는 것을 짐작할 수 있다. 나도 카가미 유리의 딸에 대한 화제를 TV나 주간지에서 본 적이 있었을 정도다.

'그게 아야세였다니⋯⋯.'

아야세가 다양하게 변장하고 다니는 것도 매스컴을 속이기 위해서인지 모른다. 지금 모습은 그렇다 쳐도, 학교에서의 모습은 카가미 유리와 전혀 연결되지 않는다. 비싼 가게에도 혼자 들어가고 매사에 겁이 없는 것도 카가미 유리의 딸이라면 이해가 간다.

어딘가 연기파인 것도, 악녀 같은 구석도……. 그리고 그걸 벗어나 방임주의라거나, 아야세한테 용돈을 많이 준다는 것도, 어떤 의미에서는 이해가 됐다.

대체 어떤 부모이길래? 하는 생각은 했지만, 알고 보니 아야세는 지금까지 내가 가르쳤던 학생 중에 제일 금수저였다.

어쨌거나 이제야 모호했던 것들이 이해됐다.

"그보다, 사쿠치. 그거 먹어도 돼? 배고픈데."

무거운 공기를 떨쳐 버리려는 생각에서인지 우자키가 카가미 유리가 사 온 케이크로 시선을 돌린다.

"맘대로 해."

"땡큐. 그럼——."

그렇게 말하고 케이크 상자를 연다.

"우와, 딸기 케이크잖아! 심지어 여기 유명한 가게 아니야?"

"그렇네……."

확실히 안에는 딸기 케이크가 세 조각.

원래는 카가미 유리와 매니저로 보이는 카부라기, 아야세의 몫이겠지만——.

“쌤도…… 사쿠치도 물론 같이 먹을 거지?”

“……먹을 거야.”

짧은 침묵 후에 대답하는 아야세.

매스컴 탓에 자식은 일절 신경 쓰지 않는 자유분방한 부모라는 이미지도 있고, 아야세도 그 비슷한 말을 했다.

하지만 의식 불명에 빠진 딸의 생일에 좋아하는 케이크를 사 오다니——.

‘좋은 부모잖아.’

두 사람의 관계의 깊은 부분까지는 모른다.

하지만——.

“쌤, 맛있어요?”

“응, 당연히 맛있지.”

나도 알 정도로 유명한 가게의 케이크다.

어찌 맛이 없겠는가.

“이거 어렸을 때 좋아했던 거예요. 하지만 이젠 애도 아니고, 지금은 다른 걸 더 좋아한다고 엄마한테 말했었는데……. 괜히 사 와서 싫어지려고 하잖아——.”

짧은 침묵 후, 눈물을 흘리면서 아야세가 말을 잇는다.

“그래도 쌤하고 같이 먹으면 엄청 맛있겠지?”

그 눈동자에 눈물이 보였다.

× × ×

셋이 케이크를 다 먹은 뒤, 면회 시간이 끝나서 나는 우자키와 함께 병실을 나왔다.

경찰과 이야기하고 입원 수속은 모두 카가미 유리의 매니저가 해주어서 나는 할 것이 없었다.

그런 뒤 집에 돌아가기 위해 우자키와 둘이 역으로 향하고 있을 때였다.

"저기요, 쌤."

우자키가 말했다.

"사쿠치한테 지금까지 했던 것처럼 똑같이 대해 주셔야 해요."

"……무슨 뜻이야?"

어리둥절한 나에게 우자키가 고개를 숙이면서 눈앞에서 두 손을 딱 맞대고 말한다.

"어른을 혐오했던 사쿠치가 쌤을 잘 따르는 게 좋아 보여서 그래요. 그러니까 부탁해요!"

나는 그제야 납득했다.

"……그래."

분명 카가미 유리의 딸이라는 이유로 별의별 일들을 다 겪었으리라. 우자키는 그 모습을 곁에서 지켜봐 온 것이다.

"여배우의 딸이든 뭐든 내 학생이니까."

그건 그렇고──.

"아야세도 좋은 친구를 두었구나."
"헤헤, 그렇죠? 그러니까 충고 하나 할게요."
내가 칭찬하자 우자키는 기쁜 듯이 웃으면서 말했다.
"아까 그 말, 사쿠치한테는 안 하는 게 좋아요."
"응?"
우자키의 그 말의 의미를 이때의 나는 잘 이해하지 못
했다.

×　×　×

'그렇긴 해도…… 솔직히 정말 놀랐어…….'
아야세의 어머니가 카가미 유리라니──.
카가미는 어디까지나 옛 성.
지금 이름은 아야세 유리라는 것을 내가 어찌 알겠는가.
진급 시의 비고란에도 적혀 있지 않았고, 지금 인터넷으
로 검색해서 카가미 유리의 옛 성을 알았을 정도다.
카가미 유리의 첫 번째 남편은 일찍 세상을 떠났다고 하
니 아야세로부터 들었던 모자 가정이라는 이야기와도 일
치한다. 어머니의 일이 바쁘다는 것도 인기 여배우니까 당
연하다.
남자를 데리고 온다는 것도──.
'하지만 나쁜 엄마로는 보이지 않았는데……?'

게다가 케이크를 먹을 때의 아야세의 말과 눈물 그리고 이 상황을 돌이켜보자 어떤 깨달음이 있었다.

아야세가 연상인 나에게 아버지나 어머니를 겹쳐 생각하고 있을지도 모른다는 것이다.

즉 선생님이 아니라 부모를 원하고 있다는 것——.

어머니와 더 많은 대화를 나누며 어리광을 피우고 싶은 건지도 모른다.

하지만 상대는 인기 여배우.

그리 간단하지 않으리라.

"지금 그 말, 사쿠치한테는 안 하는 게 좋아요."

병원에서 돌아오는 길에 우자키가 말하고 싶었던 것은 그런 뜻이었을까?

교사로서가 아니라 부모로서——.

'……그렇다면 내가 아야세가 원하는 부모를 대신할 수 있을까……?'

아무튼 오늘은 이만 자자……. 이렇게 생각했을 때 스마트폰이 울렸다.

매칭 앱의 스승인 하카마다가 보낸 메시지였다.

아오야기까지 셋이 다음번 술자리를 갖자는 연락이었다.

가능하면 그때까지 여자친구를 만들어서 자랑하고 싶었지만, 현재로서는 앞길이 캄캄하다.

'일단은 사가라와 다시 한번 데이트를…….'

과연 사가라가 그것을 수락해 줄까?

지금은 아무것도 생각하고 싶지 않다. 아니, 뇌가 생각하기를 거부한다.

분명 정신적으로도 녹초가 되어 버렸으리라.

마지막 기력을 쥐어짜서 사가라에게 가벼운 보고와 사과를 하기로 했다. 그리고 정식으로 사과하고 싶다는 것까지 썼을 때 한계가 찾아왔다.

메시지의 답신을 기다리지도 못하고 침대에 풀썩 쓰러져 눈을 감고—— 순식간에 잠의 구렁텅이로 빠져들었다.

뎅, 뎅, 뎅……

나는 종소리가 울리는 교회에 있었다.
옆에 서 있는 것은 한 여성.
오늘 나와 결혼식을 올리는 상대다.
하카마다로부터 매칭 앱을 권유받은 것이 시작이었다.
내 인생은, 운명은 그 뒤에 움직이기 시작했다고 해도 과언이 아니다.
길고 긴 결혼 활동이라는 여정의 끝이 마침내 찾아오려 하고 있었다.
옆에 서 있는 여성.
나는 순백의 웨딩드레스를 입은 아내에게 말한다.
"갈까?"
그녀는 고개를 끄덕인다.
뚜르르르르르르……
뚜르르르르르르……

전화 소리에 눈을 뜬 나는, 옆에 서 있는 여성의 얼굴도 보지 못했고, 꿈의 기억조차 일순간에 사라져 버렸다——.

×　×　×

아야세의 생일 선물을 고르는 데도 동원했는데, 아야세가 추락 사고를 당하는 바람에 데이트까지 중지시켜 버렸다.

그래서, 집에 돌아오자마자 한 번 보내긴 했지만, 곧바로 진심 어린 사과와 그 보상을 하고 싶다는 내용을 써서 매칭 앱을 통해 사가라에게 메시지를 보냈다.

'그러고 보니 사가라하고 아직 LINE을 교환하지 않았군…….'

그러나 메시지는 바로 돌아오지 않았다.

그래도 다음 날 일어났을 때는 메시지가 와 있었다.

시간을 좀 갖자.

생각할 시간이 필요해.

그 내용을 보고 나는 생각한다.

'이건 즉 거절이겠지?'

만화에서 봐서 안다. 이른바 냉각기간—— 커플이 헤어지기 전에 보낸다는 '알아서 떨어져라'라는 메시지가 틀림없다.

하지만 내가 모르는 다른 의도가 있을, 지도 모를……까?

모르겠다.

알았어. 연락 기다릴게.

이렇게 대답하는 게 맞는지 아닌지도 모르겠다.
하지만 그저 그런 대답밖에 할 수 없었다——.

그 뒤 일주일이 지나고, 아무 소식이 없는 가운데 찾아온 토요일.
나는 집에서 무사 퇴원 후 며칠이 지난 아야세에게 사가라와의 일을 상담하고 있었다.
참고로 아야세는 현재 사고 후유증은 없는 듯하다. 검사 결과에도 문제가 없다고 해서 어제부터 학교에도 나오고 있다.
그리고 아야세는 오늘 아침 약속도 없었는데, 용건이 있다며 우리 집을 찾아왔다——. 아니, 집 앞에서 불쑥 전화를 걸어왔다.
아직 잠을 자고 있던 나는 그 소리에 일어나서—— 무슨 꿈을 꾼 것 같지만, 지금 집 앞에 있다는 그 전화 때문에 깨고 말았다. 꿈의 내용은 잘 기억나지 않는다.
그런 뒤 내가 사가라와의 일을 상담하여 지금에 이른 것이다.
소파에 앉아 있는 아야세는 아직 한쪽에 붕대를 감은 다리를 꼬고 나를 내려다보면서 대답한다.

"그야 데이트 중에 다른 여자한테 줄 선물을 산다거나 데이트를 중단하고 다른 여자한테 가는 건 말도 안 되는 일이죠. 상대해 주지 않는 건 당연하고, 차단당해도 싼 거 아니에요?"

"차단당하지는 않았어. 그리고 선물은 그렇다 쳐도, 뒤의 건 아야세 때문……."

"쌤, 지금 제 잘못이라는 거예요? 애초에 제가 다친──."

"알아, 누가 그렇대?"

"하지만 이걸로 쌤도 과거랑 안녕할 수 있지 않아요? 사실상 이별 선언이나 마찬가지잖아요."

이렇게 말하고 소파에서 일어서는 아야세. 그러더니 내 등 뒤로 와서 뒤에서 매달리듯 껴안고 말한다.

"그 여자라면, 나 어때, 슈♡?"

"야, 너 말투가 그게……."

"말투 엄청 비슷했죠? 분위기도. 거기다 제가 더 젊고 신삥이에요. 그 중고보다 낫잖아요. 과거보다 미래에 기대하자고요, 미래에! 희망의 미래로 레츠 고!"

"신났네, 신났어. 그리고 중고라니, 멋대로 단정하면 안 되지……."

"아, 쌤 얼굴 빨개졌다~. 아니, 그 나이에 중고가 아닌 게 더 이상한 거 아니에요? 매칭 앱에도 빠져 있는 거 같은데.

쌤도 알면서. 혹시 아직도 그 여자가 쌤을 챙겨줄 것 같아
요? 그 여자는 쌤하고 다르다니까요?"

"알았으니까 그만해!"

이렇게 소리치고 아야세를 떼어낸 다음 마주 보았다.

"대체 집에는 왜 온 거야? 무슨 용건이 있다고 하지 않
았어?"

"선물의 답례를 하러 왔죠."

아야세는 내가 선물한 반짝거리는 초커를 손가락으로
쓰다듬으면서 어필했다. 매우 마음에 드는지 학교만 빼고
어디를 가나 차고 다닌다.

선물한 것이 헛되지 않았던 건 기쁘지만—— 왠지 쑥스
럽다. 사가라의 말이 떠올랐기 때문이다.

——그거 심층 심리적으로는 구속하고 싶다는 뜻 아니야?

확실히 듣고 보니 왜 쓸데없이 초커 같은 걸 선물했을까
하고 부끄러워진다.

"그럼 쌤, 맛있는 밥 만들어 드릴게요♡"

"고맙긴 고맙지만……."

"아참. 그리고 오늘 자고 갈 거예요. 엄마가 남자를 집에
데리고 온댔거든요."

"어?"

그때 뇌리를 스친 것은 병원에서 만났던 아야세의 엄마,
내가 연예인 오라에 압도당해 버렸던 여배우 카가미 유리

의 모습이다.

"――그런데 무슨 말 안 하셨어? 나에 대해서……."

"딱히. 그 뒤로 대화 안 했거든요. 그리고 기대해도 소용 없어요. 엄만 쌤 같은 타입 관심 없을걸요."

"그런 걸 묻는 게 아니야!"

애초에 자식이 딸린 미망인은 부담스럽다.

게다가 학생의 부모다.

내 주위에서는 야나, 그러니까 메종 아오야기의 전문 분야라고밖에 할 수 없다.

"아무튼 자고 가도 되죠?"

"안 된다고 해도 자고 갈 거잖아."

"물론이죠♡"

나는 한 손으로 머리를 벅벅 긁었다.

"그런 건 미리 말하라고 했잖아."

"어차피 할 일도 없잖아요. 게다가 이미 전 여친하고는 끝난 것 같고, 매칭 앱으로 여친 찾기는 계속될 테니까 물론 지도도 해드릴게요! 데이트는 물론이고 그다음 진도도 나갈 수 있도록 여자에 대해서 여러 가지로 가르쳐 드릴게요~♡"

다시 두 팔로 내 목을 조르다시피 등에 달라붙는 아야세.

"이제 곧 여름 방학이라 지도해 드릴 수 있는 시간도 늘어날 거예요."

확실히 그건 그렇지만──.

"알았으니까 떨어져……."

아까도 그랬지만, 여자임을 주장하는 두 개의 돌출부가 등에 닿아 있는 것이 자꾸만 신경 쓰인다.

이전에 맛본 것은 아야세에게 달려갔을 때의 사가라의 것이었다──.

"싫어요♡"

"귀엽게 말하면 용서할 줄 알아?"

"여자의 몸에 닿는 연습도 필요하잖아요? 이렇게요~."

몸을 비벼대는 아야세.

'으윽…….'

그 부드러움과 굴곡이 남자의 충동을 자극했다.

더는 못 참겠다.

"하지 말라고! 떨어지지 않으면──."

"떨어지지 않으면?"

"이렇게 한다."

"앗?!"

나는 얼굴을 새빨갛게 물들인 채 놀란 표정을 하는 아야세를 내려다보게 되었다. 왜냐하면 아야세의 몸을 힘으로 바닥에 밀쳐 넘어뜨렸기 때문이다.

"쌤, 드디어 수컷의 본능에 눈뜨셨군요……."

"그래── 그러니까, 이건 어떠냐!"

나는 아야세의 옆구리를 두 손으로 간질이기 시작한다. 당연히 아야세는 눈물을 글썽이고 몸을 비틀면서 웃기 시작했다.

"잠깐, 그만 해요 쌤! 이거, 기분 너무 좋은데. 하하하, 혹시 쌤, 이런 페티쉬에요? 그거, 위험하지 않아요? 아하하하하하학!"

깔깔 웃으며 발버둥 치는 아야세.

"간질이는 것도 체벌이에요! 진짜…… 그만 해요, 느끼잖아요, 아……. 진짜, 아하학, 안돼, 이건…… 아앙……♡"

"야, 야한 소리 내지 마!"

"혹시 쌤, 흥분했어요? 그럼 더—— 꺄하학! 알겠어요, 안 할게요! 이제 떨어질게요, 아하하하하학!"

그 말에 나도 간질이던 손을 멈췄다.

"거짓말이지롱!"

"헉?!"

"맛 좀 봐라!"

순간적으로 마운트를 빼앗기고 말았다.

이번에는 아야세가 내 몸을 간질이기 시작한다.

"잠깐, 그만해! 하하하하!"

"뭐야, 쌤도 약하잖아."

"그, 그것도 그런데……."

몸 이곳저곳이 내 몸에 닿는다.

그 탓에 여러 가지로 위험하다.

‘이걸 어떻게 말하지……?’

고민하고 있는데 아야세도 알아챈 듯하다.

“아, 쌤. 역시 야한 생각 하셨군요? 그러면 여자 몸 더 맛볼래요? 부비부비~”

이번에는 가슴을 비벼댄다.

장난이라도 이건 진짜로 위험하다.

“그만! 알았으니까 그만 떨어져!”

“안 돼요. 그러면 병원에 있었을 때처럼 이름을 부르면서 비세요. 안 그러면 목에 키스 마크 새겨 버릴 거예요. 매칭 앱에서 매칭돼도 데이트 못 할지도 몰라요?”

“헉…….”

그건 곤란하다.

아니 그보다 이 상황을 빨리 어떻게든 하고 싶다.

그래서 나는 외쳤다.

“부탁이야, 그만 해, 사쿠라!”

“──!!”

순식간에 얼굴이 새빨개지는 아야세.

수줍은 기색으로 “아, 알겠어요”라고 말하고는 그제야 떨어진다.

“……쌤, 키스 마크가 그렇게 싫었어요? 목덜미는 옷 입으면 잘 보이지도 않는데.”

시선을 피하면서 그렇게 말했다.

"앗, 혹시 잠자리까지 가질 뻔한 상대가 은밀히 있다든가…… 아니면 그 여자에 대해서 나한테 거짓말한 거 있어요?!"

이렇게 말하고 달려드는 아야세.

"거짓말한 거 없어!"

"흐음, 그럼 됐어요……. 그런데, 어때요? 연인의 느낌, 공부됐어요?"

"지금 이게 그런 거야?"

"아마도요?"

듣고 보니 확실히 그럴지도 모른다.

남매 느낌도 있었지만.

남매라면 키스 마크까지 찍지는 않겠지만.

"저도 남자 몸은 생각보다 더 단단하다는 걸 알았어요. 쌤은 부드러움을 실컷 느꼈어요?"

"너 말이야……."

도발적인 미소에 얼굴이 달아올랐을 때였다.

딩동, 하고 초인종이 울린다.

"응? 택밴가? 네! 제가 나가 볼게요."

"어?! 야, 잠깐!"

"뭐 어때요? 이것도 여친 같지 않아요?"

"너랑 그런 놀이를 하는 게 아니잖아."

인터폰도 받지 않고 대뜸 현관으로 나가는 아야세.

"누구세요~ 응?"

"어어?"

들린 것은 남자의 목소리.

아야세가 문을 연 직후, 내 눈에 비친 것은 넋이 나간 표정으로 눈을 휘둥그레 뜨고 있는 카토 선생님의 모습——.

"아, 그러니까…… 여기, 키자키 선생님…… 댁, 이죠?"

거기까지 말했을 때, 아야세의 등 뒤에서 방바닥에 앉아 있는 나와 눈이 맞았다.

"아, 키자키 선생님. 본가에서 맛있는 여름밀감을 보내주셔서 좀 나눠드리려고 왔는데……. 아, 저기……. 전 카토라는 사람으로, 키자키 선생님의 동료……."

카토 선생님은 시뻘건 얼굴로 아야세와 눈도 제대로 마주치지 못한다.

아까까지 내가 간지럼을 태우는 바람에 아야세의 옷매무새가 흐트러졌기 때문이리라.

아침부터 둘이 그렇고 그런 짓을 하고 있었다는 오해를 받아도 어쩔 수 없는 상태다.

동정에게는 자극이 지나친 것인지도 모른다.

'마, 망했다! 어쩌지?! 어떻게 하지?!'

내가 허둥지둥하고 있을 때였다.

"규, 귤 드세요! 방해해서 죄송합니다!"

카토 선생님은 여름밀감이 든 봉지를 아야세에게 떠안기다시피 하고 쏜살같이 가 버렸다. 틀림없이 오해했다. 이대로 놔두었다가는 여러모로 안 될 것 같다.

술에 취하면 쓸데없는 말까지 나불거릴 것 같다.

나는 벌떡 일어나서 카토 선생님을 쫓아가려고 했다.

"잠깐 기다리세요, 카토 선생님! 오해예요……!"

그러자 아야세가 내 등을 껴안았다.

"뭐가 오해야? 나랑 슈고는 연인 사이——."

"이름으로 부르지 마!"

"……으~, 진짜……!"

입을 삐죽거리는 아야세를 뿌리치고 카토 선생님을 쫓아간 나는 오해를 풀기 위해 거짓말을 늘어놓아야 했다.

불행 중 다행이라고나 할까, 얼굴을 제대로 안 봤으니 어떤 의미에서는 당연하다고나 할까.

학교에서의 모습과는 전혀 다르니 일치시킬 수 있을 리도 없겠지만, 카토 선생님은 거기에 있던 여성이 아야세인 줄 모르는 눈치였다.

덕분에 미안하다고 생각하면서도 사촌 여동생이라고 설명했다.

카토 선생님은 놀라면서도 믿어 주었다. 순진해서 남을 의심할 줄 모르는 것은 카토 선생님의 장점이라고 생각한다.

'실제로 사촌 여동생이 있으니까 문제없겠지…….'

일단 이 이야기는 우자키에게도 해 두는 것이 좋을지도 모르겠다.

우자키와 지금 같은 모습의 아야세가 같이 있을 때 카토 선생님과 우연히 만나면 뭔지 몰라도 문제가 발생할 것도 같은 생각이 들기 때문이다.

물론 아야세에게도 똑똑히 전달해 둬야지.

"그런데 키자키 선생님, 사촌 남매끼리도…… 결혼할 수 있었죠?"

"그런 거 아니라니까요!"

후우…… 이거 귀찮게 됐네, 하고 한숨을 푹 내쉬면서 집으로 돌아오자, 아야세는 귤을 먹고 있었다.

카토 선생님이 가져온 것이다.

"쌤, 이거 엄청 맛있어요!"

"누군 수습하느라 죽는 줄 알았는데……."

나는 카토 선생님이 아야세를 몰라봤다는 것, 사촌 여동생이라고 둘러댔다는 것을 전했다.

"엥, 사촌 여동생? 아, 그런데 그 포지션, 레나치하고 카토 선생님을 이어 주는 데 써먹을 수 있을지도……."

"잔머리만 핑핑 돌아가는구나……."

이번에는 어이없는 한숨이 나왔다.

"뭐 우자키한테는 나도 신세를 졌으니 잘됐으면 좋겠지만. 이상한 짓이나 무모한 짓은 하지 마. 카토 선생님이 강제 퇴직하는 상황도 만들지 말고.”

“저도 알아요.”

정말 아는 거 맞지?

아야세가 웃는 얼굴로 대답한 뒤.

“아무튼 이 귤 엄청 맛있네~. 선생님도 하나 드실래요? 아, 하세요, 아~♡”

눈앞에 귤을 들이미는 아야세.

확실히 싱싱하고 맛있어 보인다.

‘그보다 가슴골이 너무 신경 쓰이는데…….’

보일락 말락 노출이 심한 옷의 가슴골에서 주장하고 있는 두 개의 싱싱한 과일도 자꾸만 신경 쓰인다.

나는 시선을 돌리면서도 귤을 받아먹었다.

우물우물.

“정말 맛있네.”

“그럼 하나 더.”

이번에는 입에 물고 다가왔다.

마치 키스해 달라는 포즈 같았다.

그것을 보고 심장이 벌렁거렸다.

“너, 무슨 생각으로…….”

“어긴요…… 이언 거 연인 사이에 하는 거잖아요? 흐레이잉, 흐레이잉♪

귤을 물고 하는 말이라 발음이 엉망이다.

그래도 의미는 알겠지만.

"무슨 생각을 하는 건지 원……."

"어서, 아 하세요. 앙♡"

"──어휴."

에라 모르겠다, 하고 머리를 긁고서 아야세를 가만히 쳐다보자 '엇, 진짜……?!' 하는 표정이 된다.

그렇게 당황할 거면 이런 짓 안 하면 되잖아.

나는 이런 생각을 하면서 손가락을 뻗어서──.

"자" 하고 입 안으로 귤을 밀어 넣었다.

아야세는 눈이 커지더니 귤을 꿀꺽 삼키고 말한다.

"이게 뭐예요! 쌤 진짜 안 되겠네!"

얼굴이 새빨개져서 뾰로통해지는 아야세.

그 모습이 매우 귀엽다.

그런 그녀는 역시 매칭 앱에서 만난 연인 후보인 사쿠란이 아니라 어디까지나 내 귀여운 학생이자 때로는 나를 놀려대는 연애 선생── 내가 담임을 맡고 있는 츠키시마 고등학교 2학년 B반 출석 번호 2번 아야세 사쿠라다.

나는 속으로 몇 번이고 그렇게 중얼거리며 자신에게 되뇌었다.

후기

　최근 몇 년간 소셜 게임의 시나리오와 만화 원작, 애니메이션 관련 일이 많아서 라이트 노벨에서 벗어나 있느라 처음 뵙는 분도 많을 거라 생각합니다.
　처음 뵙는 분은 처음 뵙겠습니다, 오랜만에 뵙는 분은 오래간만입니다. 미사키 준입니다.
　최근 몇 년 동안 정말 여러 가지 일을 했지만, 신종 코로나의 유행까지 맞물려 하루 종일 집에서 보내는 일이 많아 '만남'은 거의 없었습니다.
　변함없는 일상, 반복되는 똑같은 하루하루. 루프물과 크게 다르지 않은 날들에 솔직히 질려 버렸습니다. 그 원인이 된 신종 코로나도 한풀 꺾였을 무렵, 제가 만난 것이 본 작품의 소재이기도 한 '매칭 앱'입니다.
　'매칭 앱'을 시작한 것을 계기로 제 인생은 크게 변했습니다.
　뭘 해도 잘 풀리게 되었습니다. 젊고 예쁜 아내도 얻었고, '매칭 앱' 덕분에 운명의 톱니바퀴가 전부 맞물린 것입니다!
　독설가인데도 여성이 끊이지 않았습니다. 수많은 인기와 승리를 거머쥐었습니다. 돈 목욕을 할 정도의 부자가 되었습니다.

본 작품은 그것을 나누기 위한 작품입니다——라는 일은 물론 없고, 사실은 '교사'와 '학생'의 사랑을 다룬 부도덕한 라이트 노벨이 쓰고 싶었는데 그것을 현대적으로 각색할 때 뭔가 특별한 요소가 되어 줄 만한 것이 없을까 생각하다가 당도한 것이 '매칭 앱'이었습니다!

물론 경비로 '매칭 앱'을 써서 결혼 활동을 하겠다는 간사한 마음으로 쓴 것은 아닙니다……정말로요!

그건 그렇고, 이 작품을 쓰면서 생각한 건데, 옛날에《러브 플러스》(2009)라는 게임이 있었습니다. 모르시는 분께는 현실적인 '연애 시뮬레이션 게임'이라고 설명하면 좋을까요? 꽤 옛날 거라 기억도 가물가물하지만, 그것을 플레이해 본 저는 너무 귀찮고 신물이 나서 던져 버리고 말았습니다.

자신을 연마하고, 자주 연락하고, 선물도 하고. 거기다 '리얼 타임 모드'라고 해서 현실 시간과 연동—— 일상이 디지털인 그녀에게 침식되어 갔습니다!

상대하기 엄청 귀찮아!

하지만 현실 연애도 비슷하겠지…… 그럼 차라리 현실 연애를 하는 게 낫지 않나? 왠지 이런 결론에 도달해서《러브 플러스》대신 게임을 플레이하듯 리얼 연애에 도전하게 되었습니다.

그 결과 여친이 생겼습니다!

비록 몇 달 만에 헤어졌지만.

《러브 플러스》를 끝까지 플레이하기 전에 내던지는 바람에 사귄 다음에는 뭘 해야 좋을지 잘 몰랐으니까 어쩔 수 없지요!

참고로 이 이야기는 농담이 아니라 진짜입니다.

하지만 결과적으로는 잘 안됐지만 게임에 등을 떠밀리는 식으로 현실 연애에 도전해서 성과를 거둔 것은 틀림없는 사실.

그 경험을 바탕으로 게임이든 라이트 노벨이라는 형식으로든 내가 그랬던 것처럼 다른 누군가에게 영향을 주는 작품을 만들 수 있지 않을까? 그런 것도 이 작품을 쓰는 동기 중 하나였습니다.

그러나 소설이란 단 한 번뿐인 자신의 인생과 다른 사람의 인생을 걷는 시뮬레이션이기도 하고 단순한 오락이기도 합니다.

연인이나 배우자가 있는 분을 포함해서 누구든 편하게 즐길 수 있는 것은 당연합니다.

다만 그러면서 작품의 일면으로서 누군가의 등을 밀어주고, 그 결과 그들이 맺어진다면 좋겠지요. 물론 본 작품의 캐릭터들도 사랑해 주시면 더 좋고요. ㅎㅎ

모두 사랑합시다!

물론 캐릭터에 대한 찐사랑도 대환영입니다!

지면이 끝나가므로 감사의 말로 넘어가겠습니다.

사랑에 빠져 버릴 정도로 사랑스러운 사쿠라와 미유 등 여성 캐릭터의 일러스트를 그려주신 시오 코지 선생님, 정말 감사합니다!

매칭 앱에 대해 많은 의견을 신 미히 담당자님. 그 외 매칭 앱도 직접 이용해 보고 그것으로 연인이 생겼다는 이야기도 들려준 친구와 지인들. "고등학생 때 선생님 좋아한 적 있어?", "여고생 때 나이 차이가 많은 연인을 어떻게 생각했어?", "남친이 사회인인 경우도 있었어?", "사회인이랑 사귀는 친구는 있었어?" 같은 질문을 여성들에게 했다가 그 자리에 있던 남성들에게 "너 여고생 사랑하냐?" 하고 야유받은 적도 있었습니다.

이 작품은 그런 취재를 거쳐서 어렵게 완성되었습니다. 거기에 대해서는 다른 기회에 또 쓸 수 있으면 좋겠습니다.

이어서 이 작품을 출판함에 있어 각자의 자리에서 힘써 주신 관계자 여러분.

마지막으로, 이 책을 구입해 주시고 이 글을 읽어 주신 독자 여러분께도 감사드립니다. 정말 감사합니다!

현재 구상 중인 2권은 물론이고 그 외 다양한 매체에서 앞으로도 다양한 작품을 발표하고 싶습니다. 어딘가에서 보신다면 작품을 접해 주시기 바랍니다.

그럼 또 어딘가에서 만나요!

2024년 3월 미사키 준

매칭 앱으로 만난 그녀는 내 제자였다 1

2025년 9월 15일 1판 1쇄 발행

저   자 미사키 준
일 러 스 트 시오 코지
옮 긴 이 김진희
발 행 인 유재옥
이   사 조병권
편 집 2 팀 정영길 박치우 조찬희
편 집 3 팀 오준영 권진영 이소의 정지원
디자인랩팀 김보라 전세연
디지털사업팀 김지연 윤희진 장혜원
라이츠사업팀 김정미 유아현 이지현
영업마케팅팀 최원석 윤아림
물 류 팀 백철기
경영지원팀 최정연
인쇄제작처 ㈜코리아피엔피
발 행 처 ㈜소미미디어
등   록 제2015-000008호
주   소 서울시 마포구 토정로222, 502호 (신수동, 한국출판콘텐츠센터)
판매 및 마케팅 (070) 8822-2301

ISBN 979-11-384-8771-9
ISBN 979-11-384-8770-2 (세트)